Terre d'ébène

DU MÊME AUTEUR

Dans la collection Motifs

Pêcheurs de perles, n° 12, 1994.
Le Chemin de Buenos Aires, n° 16, 1995.
Marseille, porte du sud, n° 22, 1995.
Tour de France, tour de souffrance, n° 37, 1996.
La Chine en folie, n° 43, 1997.
Les Comitadjis, n° 45, 1997.
Au Bagne, n° 59, 1998.
Le Juif errant est arrivé, n° 62, 1998.
Dante n'avait rien vu, n° 67, 1999.
L'Homme qui s'évada, n° 81, 1999.

Albert Londres

Terre d'ébène

(La Traite des Noirs)

récit

motifs

Collection Motifs

MOTIFS n° 8

Illustration de couverture : © Karen Petrossian,
Olivier Mazaud, Bernard Perchey

Première édition : Albin Michel, 1929

N° ISBN : 978 2 268 07250 0

AVANT-PROPOS

VOICI DONC *un livre qui est une mauvaise action. Je n'ai plus le droit de l'ignorer. On me l'a dit. Même, on me l'a redit.*

On m'a également appris, à l'occasion de ce voyage en Afrique noire différentes autres choses : que j'étais un métis, un juif, un menteur, un saltimbanque, un bonhomme pas plus haut qu'une pomme, une canaille, un contempteur de l'œuvre française, un grippe-sous, un ramasseur de mégots, un petit persifleur, un voyou, un douteux agent d'affaires, un dingo, un ingrat, un vil feuilletoniste. Et quant au seul homme qui m'ait appelé maître, il désirait m'annoncer que j'étais plutôt chanteur qu'écrivain.

Tout ce qui porte un flambeau dans les journaux coloniaux est venu me chauffer la plante des pieds. On a lancé contre ma fugitive personne de définitives éditions spéciales. Les grands coloniaux du boulevard m'ont pourfendu de haut en bas, au nom de l'histoire, de la médecine, du politique, de l'économique, de la société, du coton, de l'or, du Niger, de la Seine et du Congo. Sous le titre : « Ceux qui ne répondront pas à Albert Londres », de rigoureux logiciens ont fait défiler dans un cadre endeuillé le nom des colons, des fonctionnaires, des commerçants morts l'année 1928 sur le territoire de l'Afrique-Occidentale française, cela afin de prouver irréfutablement au pays que j'avais le nez au milieu du front, le cœur dans un bocal de vitriol, la langue chargée de mauvaise foi et que tout allait bien là-bas ! Des lettres apportées par les derniers courriers m'annoncent la formation, en Haute-Volta, d'une nouvelle croisade. Des hommes se lèvent de toutes parts au cri de : La routine le veut ! *et s'apprêtent à marcher, non plus contre les musulmans, mais contre l'Iroquois, chacun se disputant l'honneur d'être le premier à lui casser congrûment la figure. En attendant et pour me faire prendre patience, on traîne mes quatre-vingt-deux kilogrammes devant les tribunaux.*

Cela n'est rien.

Rien.

Les journaux coloniaux n'inondent pas le pays, ils imbibent seulement leurs abonnés. Était-ce suffisant pour créer un irrésistible courant ? Pas tout à fait. Or les chevaliers attitrés de la colonisation ont besoin de promener un cadavre sous les yeux du peuple de France, un cadavre qui appellera les justes imprécations de l'initié et les pierres vengeresses du populaire. Ce cadavre est choisi. Horreur ! c'est le mien !

Je m'en irai, ainsi, au gré du flot berceur, mon pauvre cher petit corps ligoté sur une planche de liège, la main droite coupée, coupable d'avoir écrit, les pieds carbonisés et mon dernier chapitre (auparavant, sous la menace, j'aurai dévoré tous les autres), fleurissant entre mes dents comme une fleur vénéneuse.

Le gouvernement général de l'Afrique-Occidentale française a décidé la chose.

Il vient d'inviter douze journalistes et douze parlementaires, dans l'espoir que ces vingt-quatre personnes constateront que ceux qui, jusqu'ici, m'avaient pris pour un homme et non pour un âne, feraient bien de se rendre compte qu'ils n'ont aucune capacité quand il s'agit de distinguer la race humaine de la faune domestique.

À l'heure qu'il est, heure fatale, ces missionnaires débarquent à Dakar.

Monsieur le ministre des Colonies y arrive aussi.

Que la terre d'ébène soit clémente à eux tous.

Pour moi, je n'ai plus que peu de choses à dire, et c'est ceci : je ne retranche rien au récit qui me valut tant de noms de baptême ; au contraire, la conscience bien au calme, j'y ajoute. Ce livre en fera foi.

D'autre part, je demeure convaincu qu'un journaliste n'est pas un enfant de chœur et que son rôle ne consiste pas à précéder les processions, la main plongée dans une corbeille de pétales de roses.

Notre métier n'est pas de faire plaisir, non plus de faire du tort, il est de porter la plume dans la plaie.

En Afrique noire française, il existe une plaie. Cette plaie, donnons-lui son nom, c'est l'indifférence devant les problèmes à résoudre. Et cela conduit à des catastrophes. À qui la faute ? La faute en est moins à la colonie qu'à la métropole.

Quand votre ampoule électrique s'éteint dans votre chambre, vous ne vous en prenez pas à l'ampoule, mais au secteur.

Le secteur des colonies françaises, c'est la France.

Eh bien ! si le courant n'est pas très fort entre la France et Dakar, il est coupé entre cette même France et Brazzaville.

Ce n'est pas les hommes que je dénonce, mais la méthode. Nous travaillons dans un tunnel. Ni argent, ni plan général, ni idée claire. Nous faisons de la civilisation à tâtons.

Aussi, des nègres s'exilent, d'autres meurent. La révolte se lève dans l'Oubangui-Chari. Pendant qu'on l'étouffe, le ministère des Colonies fait dire qu'il est optimiste et qu'il ne croit pas à ces choses.

Et la France est heureuse d'être trompée.

Que pouvait-on jeter sur un tel tableau ?

Un voile ou un peu de lumière.

À d'autres le voile !

Albert Londres

I
C'ÉTAIT DAKAR

C'ÉTAIT DAKAR !

Ce bloc de pierres blanches : le palais du gouverneur général.

À notre droite : Gorée, l'île où les derniers négriers embarquaient les derniers esclaves sur un bateau qui s'appelait *Le Rendu.*

Le Rendu qui ne rendait jamais rien !

Les passagers de notre paquebot étaient déjà casqués et en blanc. Depuis le matin, chacun prenait de la quinine. On avait dit adieu aux plaisirs de bien boire, de bien manger, de respirer librement et surtout d'avoir les poils secs. Pour mon compte, j'étudiais le moyen de remplacer le mouchoir par une serviette-éponge. On aurait dit que l'on avait mis le ciel et la mer sous mica. La nature était congestionnée. C'était l'Afrique, la vraie, la maudite : l'Afrique noire.

Le quai des Chargeurs-Réunis nous attendait. *Le Belle-Île* accosta.

– Restez avec nous, fit le commandant. Là c'est le pays du Diable !

J'avais touché Dakar dans le temps. Je me rappelais, c'était la nuit, pendant le dur mois de septembre. La chaleur montait du sol, sortait des murs, tombait du ciel. Le voyageur connaissait les sensations du pain que l'on enfourne. La ville était comme imbibée d'une oppressante tristesse. J'allais alors au hasard, sans espérer m'égarer, sentant bien que ce n'était pas grand. Dakar, porte de notre empire noir ! Qu'y avait-il derrière ? De ce premier contact, deux souvenirs : les airs de phonographe qui rôdaient dans les rues du quartier administratif, airs européens traînant comme des exilés dans un pays où ils se sentaient perdus ; et, plus bas, dans la salle à manger d'un hôtel dit « Métropole », une centaine de Blancs plus jeunes que vieux, sans veste, sans gilet, chemise ouverte sur poitrine nue et soulevant d'une fourchette lourde un morceau de *bidoche* qui ne les tentait guère. Les colons !

Deux autres fois je n'avais pu toucher Dakar. C'était défendu. Dakar était pestiférée. Les bateaux la fuyaient à toute machine, filant de Madère ou des

Canaries directement sur Pernambouc ou Rio de Janeiro. C'était au temps de la fièvre jaune.

Joli temps ! Belle fièvre !

Cela n'empêcha pas la France de dormir. Qui l'a su ? Cependant...

« Venez donc, me disait une lettre trouvée au retour d'un voyage, venez voir un peu ce qui se passe à Dakar. Nous en sommes au cent vingt-huitième mort (des Blancs). Pourvu qu'on ne dise rien, on peut trépasser. Nous vous réservons une *cage* dans notre maison... Venez. »

Le cauchemar dura cinq mois. Un mort et demi par jour ! Les femmes, les enfants étaient partis. Il ne restait que les hommes, ce qui était bien juste ! Le prêtre qui enterrait le matin était enterré le lendemain – civilement ! Au cent cinquantième cadavre, d'éminents médecins débarquèrent de Paris, un appareil antimoustique en bandoulière. Il faut savoir que la fièvre jaune provient d'un moustique appelé stegomia. On ne pouvait demander au moustique qui vous piquait s'il était un stegomia. Ça ne parle pas, ces animaux-là ! Voyez la tête du colon chaque fois qu'il se grattait, c'est-à-dire tout le jour et toute la nuit !

On édicta des mesures. Portes et fenêtres seraient grillagées. On ne mangerait, on ne dormirait plus que dans une cage. À partir de six heures, tout le monde serait chez soi, ou bien l'on sortirait botté, crispins aux gants et coiffé d'une cagoule.

On vit cela.

Dakar fut hantée de fantômes, gantés et cagoulés.

En n'oubliant pas qu'il faisait tout de suite, la nuit venue, un peu plus chaud que dans la journée, vous aurez une idée de la satisfaction que les promeneurs éprouvaient à goûter, ainsi vêtus, la fraîcheur du soir.

Cent quatre-vingt-dix-sept morts, dit l'administration.

Plus de trois cents, renvoient les colons.

La vérité est sous terre.

Six heures ! On accroche la passerelle au bateau.

Les fonctionnaires coloniaux sentent une angoisse les pincer au cœur. Ils ne savent où ils vont, en effet, ces gens-là. Sont-ils pour le Dahomey, la Guinée, le Soudan, la Côte d'Ivoire, le Togo, la Haute-Volta, le Niger ? Leur voyage est-il achevé ? En ont-ils encore pour dix, vingt ou trente jours, en auto, en chaland, en tipoye ? On va venir afficher leur sort dans le couloir.

On l'affiche. Les voici rassemblés autour de la feuille de papier signée : « Carde, gouverneur général ». Exclamations ! Protestations ! Nez ! On entend des mots mal élevés. Une femme jure qu'elle n'accompagnera pas son mari à Zinder. Ce lieutenant qui avait demandé Tombouctou et nous avait montré son équipement de méhariste, on l'envoie sur la Côte ! Celui qui comptait rester sur la Côte ira au Sahara. Ce couple qui a fait dix ans dans les pays humides, autour des lagunes d'Abidjan, est expédié dans un pays sec, à Ouagadougou !

– J'en mourrai, déclare le mari, mon épouse aussi. Carde veut notre peau, qu'il la prenne tout de suite ! La voilà, dit-il au représentant du proconsul, apportez-la-lui dès ce soir. Il en fera des souliers pour sa femme.

L'épouse ne veut pas donner sa peau pour faire des souliers à Mme Carde.

– Prenez ! Prenez-les donc ! continue de crier l'homme qui n'aime pas les pays secs ; après il y aura nos os, ce sera pour son cabot !

Cela, c'est la faute de la *plaque tournante.*

La plaque tournante fut inventée par M. Carde.

Jadis les fonctionnaires coloniaux faisaient leur temps dans la même colonie. Aujourd'hui, le maître les force à valser. Ils n'aiment pas cette danse. Qui dit fonctionnaire colonial ne veut plus dire esprit aventureux. La carrière s'est dangereusement embourgeoisée. Finis les enthousiasmes du début, la colonisation romantique, les risques recherchés, la case dans la brousse, la conquête de l'âme nègre, la petite mousso ! On s'embarque maintenant avec sa femme, ses enfants et sa belle-mère. C'est la colonie en bigoudis !

Débarquons.

– Hep ! Hep ! Un porteur !

– Un porteur ? me répond un compagnon, vous avez la folie de l'aristocratie. Les nègres ne portent pas au Sénégal, monsieur, ils votent.

Descendant l'échelle, il murmurait :

– Ils votent ! Ils votent ! et bientôt ils danseront la gavotte !

Adieu, *Belle-Île* ! Va à Buenos-Aires charger tes viandes frigorifiées. Adieu, commandant Rousselet, cher vieux loup, si c'est ici le pays du Diable, on le verra bien ! Et me voici près de la passerelle. Je m'arrête. On ne peut la franchir. Un Blanc et un Noir y jouent de la savate.

– Ti frappes ? dit le Noir. Ah ! ti frappes ? Ici c'est pas France, c'est Sénégal, toi comprendre ? Sénégal, mon patrie, ici, chez moi, toi comprendre ?

Le nègre avait été surpris examinant d'un peu près l'intérieur d'une cabine. Le garçon l'avait reconduit plutôt avec ses pieds qu'avec ses mains.

– Ici, répond le garçon, c'est la France, et si tu remontes..., et il lui indique sa chaussure.

– Toi, si ti descends, moi conduire toi chez commissaire, toi comprendre ? Ici Sénégal, hein ? pas France !

Et il crache comme pour noyer d'un même coup le garçon, le bateau, tous les Blancs et leur saint-frusquin dans une immensité de mépris.

Il fait toujours noir quand je débarque dans ce pays nègre. C'est encore la nuit cette fois-ci.

Appuyée à la grille du port, une vieille Ouolof fume sa pipe.

– Bonsoir ! lui dis-je.

– Him ! Him ! répond-elle.

Ce fut le seul salut de la terre d'ébène.

Et j'allai dans la ville.

Tiens ! la nouvelle poste est achevée. Ce n'est pas dommage ! L'autre était si dégoûtante que l'on n'osait lécher les timbres qu'elle vendait. Mais que tout est lugubre ! Quoi ? Plus de terrasses devant les cafés, ces bonnes vieilles terrasses, images de la Patrie, et que la France exporte précieusement dans toutes ses colonies ? Que se passe-t-il ? Il y a que les mesures contre la fièvre jaune ne sont pas encore levées. Le stegomia se porterait-il toujours gaillardement ? Où est ma pompe contre les moustiques ? Je devrais l'avoir dans les mains et me faire précéder d'un nuage protecteur. La pompe est restée chez le marchand. Si ma mère savait cela ! Il est vrai que ces bestioles aiment surtout le sang pur et frais. Or...

Dakar n'est plus qu'une immense cage. Les restaurants sont derrière des toiles métalliques. Les personnes aux fenêtres, s'imaginant prendre l'air, sont, elles aussi, derrière des toiles métalliques. Ces deux colons buvant l'apéritif se prélassent au centre d'un vaste garde-manger planté dans un jardin. Une ménagère prévoyante a dû les mettre à l'abri des chats et des mouches, pour les faire cuire demain matin ! Ahuri, je les regarde ; alors ils font :

– Eh bien ! tu débarques ?

Je reprends mon chemin.

Sur le sol, j'entends mes pas qui frappent… qui frappent à la porte de l'Afrique.

II

MON « PIED-LA-ROUTE »

LE TRAIN du Soudan part tous les mardis. Alors les bateaux s'arrangent pour arriver le mercredi !

C'est bien. Cela vous met tout de suite au pas.

Il n'est pas recommandé, en effet de débarquer en Afrique crachant le feu, le diable au corps et des fourmis dans les jambes.

Ce pays n'aime pas que chez lui on fasse le malin.

Autrement il vous envoie tout de suite son gendarme. C'est le soleil.

Le soleil paraît. Il frappe sur votre nuque et vous dit : « Veux-tu rentrer chez toi et marcher plus lentement. »

Vous pouvez lui désobéir une première fois ; peut-être ne dira-t-il rien, étant bien au-dessus de nous !

Mais si vous êtes incorrigible, que vous le dérangiez trop souvent, il viendra avec son bâton, un gros bambou, et vous en assénera un coup retentissant sur le crâne. Vous serez bien avancé !

Six jours avaient passé. Le voyage noir commençait. J'allais prendre mon « pied-la-route », comme disent les nègres, ce qui signifie partir. Ce serait le Sénégal, la Guinée, le Soudan, la Haute-Volta, la Côte d'Ivoire, le Togo, le Dahomey, le Gabon, le Congo.

Après Dakar, Tombouctou ! Je cherche à vous lancer des noms connus : Ouagadougou ! La brousse ! La forêt, les coupeurs de bois, les chercheurs d'or, les poseurs de rails. Ah ! les poseurs de rails ! Les grands fleuves que l'on ne finit plus de remonter, les maisons de boue qui sont bien les plus vastes fabriques de chaleur en conserve signalées jusqu'à cette date. Ce serait de l'auto, du chaland, du chemin de fer, du cheval, du chameau, de la pirogue, du Decauville, du tipoye. L'empire noir de la République. Ses sujets, ses maîtres. Le pays inconnu des habillés de blanc et des humains tout nus. Ce serait...

Soudain quelqu'un me demanda :

– Avez-vous de la vaisselle ? Du mobilier ? Combien de caisses ?

J'étais sur le quai de la gare, à Dakar.

– Combien de caisses ? Dix ? Vingt ? Trente ? Quarante ? Je dois le savoir pour le nombre de fourgons.

– Moi, dis-je, j'ai une valise.

– Une valise ? Où allez-vous ?

– Partout !

L'employé blanc du trafic tourna le dos, haussant les épaules.

Il est donc des gens qui voyagent avec quarante caisses ? S'il en est et qu'ils ne soient pas décorés de l'ordre de la voie ferrée, le ministre des Travaux Publics est un grand négligent !

L'employé avait dit vrai.

Les voyageurs arrivaient avec tant de colis que tous avaient l'air d'épiciers en gros qui déménageaient !

Viandes, légumes, poissons, fruits, tout ce que l'industrie moderne a su mettre en boîte. Lingerie, literie, bois de lit, cela suivait depuis la France pour aller se faire manger dans un poste de brousse, les victuailles par les broussards, le mobilier par les termites.

Un beau Noir me précédait au guichet. Un électeur de Blaise. Ainsi ses frères appellent-ils M. Diagne. L'électeur était coiffé d'un chapeau dit melon et qui avait dû servir une quinzaine d'années, comme objet d'expérience, à ces camelots de rues barrées, vendeurs de savons qui détachent !

– Donne-moi un billet, dit-il au guichetier.

– Pour où ?

– Tiens ! Donne-m'en pour cinquante francs.

La traite des arachides terminée, les Sénégalais ont un peu d'argent ; alors ils vont se promener.

Ils ne vont ni à Thiès, ni à Saint-Louis, ni à Kayes. Ils vont jusqu'à cinquante, quatre-vingts, cent francs, suivant leur fortune. Aux arrêts on les voit à la portière criant : « Bonjou, Mamadou ! Bonjou, Galandou ! Bonjou, Bakari ! Bonjou, Gamba ! » Ils se montrent à leurs connaissances dans la noble situation de voyageur. Ils sont fiers. Après, ils reviennent – à pied !

Le train démarra. Il allait courir sur douze cents kilomètres de voie. Il joint l'Atlantique au Niger. Puis il s'arrête. Les routes ou le fleuve feront le reste. Douze cents kilomètres ! Le plus grand des travaux que nous ayons accomplis en Afrique noire. Pour celui qui tiendrait à ne pas être ingrat, saluer ce chemin ne serait pas un geste suffisant, il faudrait emporter une caisse d'immortelles avec soi (quand on a quarante caisses !...) et semer sur le parcours ces fleurs séchées. On serait sûr, de la sorte, d'honorer, à chaque traverse, la mémoire d'un nègre tombé pour la civilisation.

On ne peut dire que le Sénégal ressemble à un jardin botanique : il n'a qu'un arbre. C'est le baobab. Le baobab est un géant désespéré. Il est manchot et tortu. Il tend ses moignons face au ciel, comme pour en appeler au Créateur de la méchanceté des bourreaux qui l'ont crucifié. On sent qu'il pousserait des cris déchirants s'il avait la parole et qu'il ferait des gestes de détresse si la nature lui avait donné le don du mouvement. Il se plaindrait d'avoir une telle dégaine et des bras comme les culs-de-jatte ont des jambes !

– Oui ! oui ! regardez bien ! C'est tout ce que nous avons comme ombrage. Vous en restez bouche ouverte. Il faudra la fermer. Ce paysage ne changera pas pendant six cents kilomètres. Votre mâchoire se fatiguerait à la longue. Dans un pays où nous aurions besoin d'ombre, voilà ce qu'on nous donne ! Mais je me présente : Jean Miette, conducteur de travaux publics, seize ans de colonies, plus un cheveu sur la tête, pas une seule saison à Vichy. J'étais le plus beau foie de la Côte d'Ivoire. Ça ne va pas durer. Carde veut mon foie : il m'affecte au Soudan, où l'on ne sue jamais. Il a décidé la chose un matin, dans son palais en pâtisserie. Il a dit : « Miette ne suera plus ! » Je suis discipliné. Je ne suerai plus, voilà tout !

Il ne cessait de s'éponger.

– Et mon foie deviendra comme un caillou, ce qui fera deux cailloux avec celui que j'ai sous mon casque. N'avez-vous pas soif ?

On avait dépassé Rufisque, Thiès, Bambey, Diourbel. Aux stations, les indigènes vociféraient à la portière de leurs compartiments spéciaux. Ils connaissaient tout le monde, ils appelaient chacun.

– Bonjou, Molobali !

– Bonjou, Suliman !

– Bonjou, Koukouli !

– Bonjou, Poincaré !

Il y a beaucoup de Poincaré. Il y a des Herriot, des Kodak, des Citroën, des Painlevé, des Urodonal, noms que l'on voit écrits en grosses lettres sur les journaux de France !

– Bonjou, Samaritaine !

Les *dioulas* (colporteurs) leur vendent des noix de kola. Le Noir mange des noix de kola comme nous du pain. Il s'en nourrit. Cela lui détraque le cœur. Il en meurt. Voilà vingt Sénégalais qui s'apprêtent à participer au grand mystère de la traction à vapeur : qui vont prendre le train. Ils montent à l'assaut du wagon. C'est une charge irrésistible. Ceux qui détiennent les places les reçoivent, arc-boutés, et les renvoient sur le quai les quatre fers en l'air. En proie à la colère, les vaincus lancent leurs baluchons dans le compartiment. Les voyageurs qui sont assommés ne bougent plus. Les autres jurent par tous les sorciers. Un sombre pugilat sort de là. Un Blanc arrive et tape dans le tas. Tout va bien si celui qui reçoit les coups n'est pas un électeur. Autrement, la grande scène du défi commence :

– Ti m'as frappé ? Ti m'as ansourté (insulté) ?

– Ton gueule !

– Mon gueule vaut ton gueule ! Moi Français comme toi !

Et l'électeur cherche des témoins.

– Ti paieras vingt-cinq francs ! qu'il crie au Blanc. Vingt-cinq francs !

– Approche-toi, renvoie le Blanc, que j'en prenne pour cinquante francs.

Un Blanc qui frappe un Noir a vingt-cinq francs d'amende, mais il faut des témoins.

Le train repart. Le Noir s'accroche à la rampe du marchepied.

– Ji reviendrai ! Ti seras condamné ! À rivoir (Au revoir) ! Ah ! ah ! À rivoir !

Il y a dans ce train un jeune homme qui débute dans la carrière coloniale. Il ne se sent pas d'aplomb sur la terre d'Afrique. Sa ville natale ferait beaucoup mieux son affaire. La vocation lui manque. Il montre la photographie de sa femme à tout le monde.

– Voilà maintenant comment on nous les envoie, fait M. Miette. Ou ça traîne toute sa famille derrière soi ou ça pleure sur une photographie ! Rentrez votre bout de carton, mon petit gars ! C'est un mauvais fétiche pour débuter. Il faut être sevré quand on choisit cette carrière. Vous ne pourrez prendre le métro pour aller dîner chez maman ce soir ni acheter la troisième édition de l'*Intran*, c'est entendu, mais ce sera autant d'économie !

Il y a le père Levreau, un vieux broussard. Vingt et un ans de Soudan. Il revient de France pour la deuxième fois seulement. Il n'aime que Kayes.

– D'ailleurs, explique-t-il, Kayes est l'une des trois villes les plus chaudes du monde. Podor, Djibouti et Kayes, c'est bien connu, il ne faut pas sortir de là. Partout où j'irais je déchoirais.

Le lendemain, à midi – dans la ville la plus chaude du monde, le train arrive à midi ! – le père Levreau débarqua à Kayes.

Ses six femmes l'attendaient sur le quai, six femmes noires dont deux Mauresques aux grands yeux de chamelle.

– Bonjour, mes chéries ! disait-il. Bonjour ! Bonjour ! Elles se précipitaient dans ses bras.

– Bonjou, papa ! répondaient-elles ! Ah ! papa ! Bonjou !

Serviteurs et servantes, derrière eux, battaient des mains. Il était fringant, piaffant.

À l'intérieur de la gare, le thermomètre marquait quarante-six !

III

LES TOUT-NUS

VINGT MILLIONS de Noirs, sujets français.
Deux empires.

L'Afrique-Occidentale française : A.-O.F.

L'Afrique-Équatoriale française : A.-E.F.

L'Aof ! et l'Aéf !

Treize millions de sujets en Aof. Quatre millions en Aéf. Togo et Cameroun font le reste.

Les Allemands ont perdu ces deux terres pendant la guerre. Par hasard, plutôt que par pudeur, les Anglais ne les ont pas raflées.

Alors elles nous sont revenues.

Huit colonies en Aof : Mauritanie, Sénégal, Guinée, Côte d'Ivoire, Dahomey, Haute-Volta, Soudan, Niger.

Quatre en Aéf : Gabon, Moyen-Congo, Oubangui-Chari, Tchad.

L'Aof va de l'Atlantique au lac Tchad pour la largeur, et du Sahara au golfe de Guinée pour la hauteur. C'est un territoire de cinq millions de kilomètres carrés.

L'Aéf commence à l'équateur et se termine au diable noir, mangeant le cœur de l'Afrique.

Il y a de quoi se promener !

Les historiens disent du pays qu'il se présente en forme d'auge. Le mot chaudron lui irait mieux.

On y mijote. On y est sur le gaz comme un morceau de gîte à la noix dans son pot-au-feu. Le diable peut venir vous tâter du bout de sa fourche, on n'est jamais assez cuit ! On cuit le jour, on cuit la nuit. En sortant de là, on pourra toujours se mettre dans une presse à viande, ce n'est pas le sang que l'on rendra qui fortifiera les anémiques !

De quoi se plaint-on ? L'Afrique ne prend personne de force. Aucune sirène, sur ses côtes, ne vous appelle. Pas de ports naturels et la barre vous repousse. Les piroguiers ont beau chanter :

C'est nous les forts garçons
Les maîtres de la barre,
Avançons, avançons…

La pirogue recule.

Faisons aller nos bras
On l'aura, on l'aura,
À l'aide de nos fétiches !

Ah ! la barre s'en fiche ! Elle chasse les hommes qui veulent aborder. S'ils insistent, elle les renverse. Ainsi se tient l'Afrique sur le seuil de sa porte pour recevoir ses visiteurs.

Nous avons laissé le Sénégal, colonie aux urnes, royaume de Blaise, les dix mille citoyens des quatre communes de plein exercice, exercice de prestidigitation, de boxe et de savate ! Voici les Noirs, les vrais, les purs, non les enfants du suffrage universel, mais ceux du vieux Cham. Comme ils sont gentils ! Ils accourent de leur brousse pour vous dire *Bonjou* ! Ils agitent leurs bras avec tant de sincérité, un sourire vernit si bien leur visage que c'est à croire que nous leur faisons plaisir à voir. Ils vous regardent comme si dans le temps ils avaient été des chiens à qui vous auriez donné du sucre. Parmi eux, on se sent une espèce de bon Dieu en balade.

Leurs villages ne sont pas les uns sur les autres. Ils apparaissent clairsemés dans le grand continent. De petits tas par-ci et par-là, avec des centaines de kilomètres entre le ci et le là ! Le Noir est un peuple qui ne pousse plus.

Hommes et femmes se tiennent tout nus avec infiniment de pudeur. Des femmes, parfois, croisent leurs bras sur leur poitrine quand vous les rencontrez, mais ce sont les vieilles !

Ils vont leur « pied-la-route ». Où vont-ils toujours en marche ? Loin. Très loin. Un voyage d'une semaine n'est pour eux qu'une affaire très ordinaire.

Ils marchent comme nous respirons.

Les hommes marchent, les femmes marchent, les enfants marchent, d'une jambe courageuse, d'un cœur sans détour. Toute l'Afrique marche au lever du jour : *dioulas* (colporteurs) qui descendent du sel de Tombouctou et qui remontent des noix de kola de la Gold Coast. Naïfs qui traversent le Soudan de bout en bout pour une affaire d'héritage, une affaire de femme, mais surtout une affaire de rien du tout. Village qui s'en va sur les pieds de ses mâles, de leurs épouses et progénitures, porter le coton au commandant. En mouvement depuis deux jours, le village s'arrêtera demain matin. Ceux dont le coton ne sera pas bien trié iront à la *boîte*. Tous marchent, leur sac de trente kilos sur la tête, sans grogner jamais, ni penser à mal.

Voici sept prisonniers, en file indienne, liés par une corde qui leur tient au cou. Ces sept têtes semblent sept gros nœuds faits à cette corde. Je saurai plus tard qu'un tirailleur les accompagne, bien plus tard, le tirailleur étant cinq kilomètres en avant ! Ils suivent !

Plus loin un milicien, *son* femme, son enfant. Le milicien précède, ne portant que son fusil. L'enfant est vêtu d'une veste d'Européen, la veste se gardant bien de descendre jusqu'à l'endroit de la bienséance. *Le* femme ferme le cortège. Comme pagne un paquet de feuilles. C'est elle la voiture de déménagement. Un échafaudage est en équilibre sur sa tête : trois calebasses, des poissons fumés dont les queues dépassent, une bouteille vide, deux bancs, six rations de manioc, le tout couronné de la chéchia maritale. Dans le dos, maintenu par un vieux calicot, à la place où l'on met les bébés noirs, un tout petit chat, qui miaule, tourné vers le pays que la famille abandonne.

Voici le porteur de dépêches, nu et sérieux. À la main, il tient un morceau de bois. Au bout de ce bâton, la dépêche est insérée dans une fente. Il ne porterait pas le saint sacrement avec plus de précaution. S'il va loin ? À cent kilomètres… Sous le nez des Européens qu'il rencontre, il met son petit bâton. Les Blancs lisent l'adresse et font non de la tête. Il trouvera le destinataire. Après ? Il reviendra.

Nous sommes sur la grande voie qui mènc au Niger. Elle est fréquentée. Pourquoi ces longs voyages ? Pour tout et pour rien ! À ce grand-là, on a volé sa vache ; il va conter son malheur au commandant. Trois jours de route. Le commandant lui donnera un *papier avec le tampon*.

Il regagnera son village. Puis le volé reprendra la route en compagnie du voleur, tous deux marchant l'un derrière l'autre, sans amertume, vers la justice des Blancs.

Ceux-là sont des émigrants. La terre, chez eux, était épuisée. Ils vont vers une nouvelle terre. En arrivant, ils lui feront un sacrifice, la suppliant de vouloir bien les recevoir. Si le poulet égorgé tombe les pattes en l'air, la terre aura répondu : non. Ils remarcheront.

Sans un sou, le boubou sur le dos, la calebasse vide sur la tête, gais (quand le nègre est triste, il meurt), ils traversent l'Afrique comme nous passons d'un trottoir à l'autre. Le soir venu, ils s'assoient dans un village. Personne ne les connaît. Qu'importe ! Ils pénétreront dans une case et salueront les occupants.

– Ti va bien ? Moi, ji vais bien.

On leur donnera à manger comme à un parent de passage.

Pas de pauvres chez les Noirs. Ils pratiquent le vrai communisme. L'homme qui refuserait le couscous serait déshonoré. Aucun n'est jamais tombé d'inanition. Quand ils meurent de faim, c'est en masse, tous en chœur et dans une même famine.

Pour eux, l'argent est sans valeur. Le mot économie est inconnu de leurs dialectes. Notre formule « faire fortune » est ici sans signification.

Les dépasse-t-elle ? La dépassent-ils ? Jadis ils ne travaillaient que pour se nourrir. Maintenant ils travaillent aussi pour payer l'impôt. De temps en temps ils le payent même deux fois au lieu d'une. Petits scandales d'une vaste terre !...

Ce soir, je n'atteindrai pas Bamako. Kita sera l'escale : grand centre, cinq Blancs, dix mille Noirs ! C'est la ville des griots et des griottes, de ceux qui chantent les louanges de leurs contemporains. Un griot était justement sous l'arbre fétiche. Il parlait haut, s'adressant à un grand diable qui se tenait à cinq pas de lui. Tout autour, deux cents personnes formaient le cercle.

– Que dit-il ? demandai-je à l'interprète.

– Il dit la gloire de ce nègre-là.

– Qu'a-t-il donc fait ?

– Il a donné de l'argent au griot, alors le griot proclame ses mérites sur la place publique.

Le héros se tenait droit et fièrement.

L'interprète écouta. Puis il me traduisit :

– Son client a dû être tirailleur, fit-il, il vante ses galons de caporal. Il lui dit : « Toi, tu as vaincu, tu as franchi les mers et les montagnes. Quand tu brandissais ton coupe-coupe, les gros canons des Blancs qui font poum et poum s'enfuyaient à toutes jambes. Tu as traversé la Ferance (France), des fleurs à ton fusil. Le grand toubab des Ferançais a serré ta forte main. Tu es jeune, beau et puissant. Ta fiancée est pure comme une petite vache. Ton père est le plus grand chasseur de la race bambara. Ta mère était vierge quand elle a connu ton père. Ta case est propre et jolie. Tes enfants parleront et marcheront plus vite que ceux de tous les autres. Tes femmes s'assoiront autour de toi et te regarderont fidèlement. Tu auras toujours de la nourriture plein ton ventre. Tu es grand, Mamadou, grand comme l'arbre du village. »

– Combien paye-t-il pour tout cela ? demandai-je.

– Il va nous le dire, fit l'interprète.

Et l'on s'avança.

– Toi combien donner au griot ?

– Moi *casquer* quarante francs.

– Alors tu n'as plus le sou, maintenant ?

Il répondit :

– Moi plus argent, mais beaucoup honneur !

IV

À BAMAKO

TON PÈRE va bien ?
– Oui, y va bien.
– Ton mère va bien ?
– Oui, y va bien.
– Ton enfant va bien ?
– Oui, y va bien.
– Ton poulet va bien ?
– Oui, y va bien.
– Ton chienne va bien ?
– Oui, y va bien.
– Ton femme va bien ?

Cette salutation durait depuis une minute.
Ce nègre, rencontrant ce nègre, lui demandait

des nouvelles de tout ce qu'il possédait : de son *lougan* (son champ), de son cheval, de sa pirogue. La femme venait en dernier.

J'étais à Bamako, capitale du Soudan, assis parmi les indigènes, sur l'une des marches du marché, au grand ébahissement de la gent européenne. Les Blancs qui passaient me regardaient comme si j'avais été un train !... Ils ne me cachaient pas que je perdais la face à mêler de la sorte mon bel individu à la peuplade soudanaise. Les natifs, eux, s'en moquaient bien !

Derrière leur machine à coudre, les mâles confectionnaient des boubous (amples vêtements de toile tenant de la chemise ce qu'ils ne tiennent pas de la chasuble) ; les femmes étaient accroupies devant les petits tas de choses qu'elles avaient à vendre : trois morceaux de sucre, quatre bananes, six noix de kola, une calebasse de lait, cinq ou six mille mouches... des petites boules noires comme des crottes de chèvre, d'autres boules, celles-là blanchâtres et d'où montait une odeur qui est celle de toute l'Afrique. C'était l'odeur du beurre de karité. Aucun puits perdu, aucune bouche, soit d'égout, soit d'évier, ne vous donnera une idée de cette odeur-là. Si boucané que vous soyez, vous tomberez inanimé à la moindre vague de beurre de karité. C'est une odeur que l'on pourrait appeler à crochet, car elle plonge en vous et vous décroche le cœur !

Ce beurre végétal se met à toutes les sauces. Il sert à la cuisine, à la toilette. Il graisse les plats, lubrifie les peaux. Plus la peau brille au soleil, plus la dame est séduisante. Le malheur est que la coquette sent d'aussi loin qu'elle brille. J'ai souvent rêvé de me faire suivre d'un baquet d'eau et d'un frotteur énergique, et sitôt que j'apercevrais une belle de la saisir au lasso, puis de la plonger dans le liquide et de la faire bouchonner avec conviction.

Eh bien ! chères élégantes d'Europe et d'Amérique, sachez que vous faites un usage quotidien de beurre de karité. Il est, ô délicates ! la base de vos crèmes d'éternelle beauté !

Ah ! les jolis rapports que les Blancs entretiennent commercialement avec les Noirs ! Nous leur envoyons une camelote insoupçonnable même pour les habitués des anciennes boutiques à deux sous. Cela s'appelle officiellement de la marchandise de traite !

C'est à croire que lorsque nos vieux chapeaux, nos souliers non ressemelables, nos habits vers-de-grisants ont reçu pendant cinq ans pluie et poussière sur les carreaux du Temple, ils partent pour le Soudan. Les voici au marché de Bamako. Rangés avec soin sur les éventaires, ils constituent une hilarante collection. Ici, quatorze galurins mous ou durs. Cinq n'ont plus de bord. Un nègre marchande l'un de ceux-là. Douze francs ! Il l'essaye. C'est un ancien melon. Il fend le feutre par le milieu, il se regarde, se trouve beau ! Il paye.

Cette paire de chaussures est composée d'un soulier qui fut noir et d'un autre qui fut jaune. Cela n'est rien. Cette paire me semble impaire ! Je l'examine de près. Le croquenot noir est un quarante, le jaune un quarante-trois !

– Combien ?

– Trente francs !

Le gouverneur anglais de la Gold Coast interdisait, ces temps derniers, l'entrée des ballots de vieux smokings dans sa colonie. Lords et gentlemen, voilà où finissaient vos tenues de soirées ! Il fallait avoir la rate récalcitrante pour ne pas s'étrangler de rire quand on se promenait à Accra. Mais tout le monde ne riait pas en Angleterre. On dit qu'un grand tailleur de Londres, fournisseur de Sa Majesté, faillit se suicider quand il apprit que sa griffe se promenait sur le dos des *colored* !

Nous, nous n'avons encore rien interdit. Voici la *riquimpette* de mon grand-père. Je la reconnais. Il la portait le jour de la première communion de ma mère ! Elle se termine par une coupe en sifflet qui vous la coupe ! Trente-deux francs ! Je l'achète pour mon boy. Il me baise les mains. Que venais-je de faire là ? Je n'avais pas remarqué que mon boy était sans pantalon. Cela ne se voyait pas quand il était tout nu ! Maintenant, il a l'air d'un pingouin monté sur échasses et qui aurait oublié son plastron ! Les fonctionnaires me blâment de le promener dans cette tenue.

– Achetez-lui un boubou, me conseille le chef de cabinet du gouverneur.

– J'achète ce que vous permettez qu'on leur vende.

– Alors, pourquoi ne lui offrez-vous pas aussi un casque de cuirassier ?

C'était une idée ! Il y en avait un au marché. Malheureusement, le boy n'a pas trouvé la queue de cheval assez fournie...

D'où sort ce que l'on vend aux pauvres nègres ? Des ciseaux dont les branches ne se touchent pas ; des couteaux qui ne coupent pas ; des miroirs qui ne reflètent pas ; des savons qui ne moussent pas ; des parfums !!! ; des peignes sans dents ; des chandelles sans coton... et l'on pourrait aller jusqu'à dire des flûtes sans trous ! Où sont ces usines sournoises qui travaillent à mal travailler parce que c'est assez bon pour toute une partie de la terre ?

Marchandise de traite...

Ils sont plus de vingt mille Soudanais à Bamako. La France a construit là une grande ville indigène, ville en banko, c'est-à-dire en boue. Aucune case ne dépasse l'autre. Cela s'étend comme un cimetière où l'on n'aurait enterré que des pauvres ; un cimetière de la zone des armées, égalitaire. Au-dessus des murs entourant ces cases, on voit monter et descendre en cadence l'instrument symbolique de l'Afrique entière : le long bâton à piler le mil. Il semble le piston un peu penché d'une machine toujours en mouvement, la machine antédiluvienne qui donne à manger à la race maudite.

Pourquoi n'avons-nous pas installé des moulins qui écraseraient le mil, décortiqueraient le riz ? Le mâle ne veut pas, la belle-mère non plus. « J'ai pilé toute ma vie, pourquoi la fille n'en ferait-elle pas autant ? » dit la vieille créature. Quant à l'opinion du mari, la voici :

À Gao, un capitaine avait construit un moulin avec trois beaux pilons qui besognaient dur. Il convoqua les notables, leur expliqua le miracle. Émerveillement ! Cependant, le chef du village s'avança et il dit : « Maintenant, que feront nos femmes ? »

La condamnation du progrès fut sans réplique.

Les femmes pilent dans Bamako.

Vingt mille Noirs vivant là, au ras du sol, et seulement le bruit sourd de bâtons défonçant des mortiers de bois. C'est l'après-midi. Les hommes ne sont pas dans la ville. Ils sont boys chez les Blancs ou bien ils accomplissent leurs journées de prestations, creusant le canal de Sotuba, de l'autre côté du Niger, ou retapant des routes. Ou bien ils sont occupés au portage ; ou même, en grands connaisseurs, ils se grattent les doigts de pied, voluptueusement vautrés sur la terre chaude de leur patrie.

Je me promène dans la ville noire. Un seul cri monte du silence. C'est celui de la petite marchande de noix de kola.

– Ayé na vo san ! dit-elle.

Je lui demande comment elle s'appelle. Elle ne répond rien. Je lui donne dix sous. Alors elle dit : « Aisata ». Je lui tends encore une pièce. Elle hésite à la prendre, car elle n'a qu'un nom, dit-elle !...

Cette fois, voici du boucan : une grande palabre tout en éclats de voix. Un tirailleur mène un train du diable dans la cour d'une case. Il parle comme un général en colère devant le front de ses troupes. Son apostrophe est une macédoine de mots bambaras et français. Mots français sans nul doute, mais mots qui n'ont pas cours dans les salons. Ceux qui lui ont appris notre langue ne lui ont pas volé son argent. Ce ne serait rien de dire qu'il fut l'élève de notre dernier cocher de fiacre. Ah ! le malpoli ! Il venait chercher l'un de ses concitoyens pour l'emmener chez le commandant. Le concitoyen ne voulait pas le suivre. Alors, subitement, il lui appliqua une paire de gifles dont à dix pas je sentis le vent. L'autre ne lui sauta pas dessus. Il ne bougea même pas. Le nègre reçoit des gifles comme si cela lui était dû ! Ses deux femmes continuèrent de piler le mil, son chien de s'épucer.

– *Service-service !* vociférait le tirailleur.

Dès que le Noir représente l'autorité, il est féroce pour ses frères. Il les frappe, saccage leur case, mange leur mil, ingurgite leur bangui, exige leurs filles. La chéchia a de belles vertus sur les bords du Niger !

La nuit tombait. Je me dirigeai vers le Soudan-Club. J'avais soif. Je comprenais pourquoi l'on avait inventé les verres coloniaux ! Les papilles sont toujours en détresse dans ce pays.

– Savez-vous ce que signifie Bamako ? me demanda un Blanc une fois que je fus installé et sans qui je n'aurais pas bu, car celui qui n'est pas du Soudan-Club a juste le droit de mourir de soif ; cela veut dire l'affaire du caïman.

– Ah ! fis-je, le nez déjà au fond de mon verre.

– Oui, le fétiche de Bamako, c'est le caïman. Il protège la ville. Comme il rendait quantité de services, les notables, avant notre arrivée, lui donnaient, chaque année, une jeune fille vierge à manger. C'était une grande fête.

– Et aujourd'hui ? On ne lui en donne plus ?

– Officiellement non !

On redemanda à boire.

V

TARTASS
OU LE COIFFEUR À PÉDALES

EH ! BONJOUR ! monsieur le nouveau ! Je suis Tartass. Vous ne pouvez vous présenter chez le gouverneur avant de passer par mes mains. Regardez-les, touchez-les. Elles sont expertes et douces. Pas de gerçures, un peu larges peut-être, mais j'ai tant travaillé ! Et les ongles si propres ! Je suis Tartass. Un petit coup de tondeuse dans le cou, une légère promenade de mes ciseaux autour de vos oreilles, voilà qui vous change un homme et vous le rend agréable à contempler. Je vous le dis, je suis un type. On n'en verra pas deux comme moi dans le Soudan. M. Armand Fallières, mon pays, le sait bien. Je le lui ai écrit. Je suis de Mézin. Tartass et Fallières sont nés à Mézin. On y fait des bouchons, des gros pour les carafes, des moyens pour les bouteilles, des petits pour les flacons. Tout ce qui vient de Mézin surnage. Ah ! je suis content ! content !

J'ai une caboche, moi, vous savez, et quelle volonté ! Pas instruit peut-être. Pas aussi raboté que d'autres, j'en conviens, mais un fil de fer traverse mon corps verticalement. J'ai poussé autour d'un fil de fer. Ah ! j'en ai épaté quelques-uns. Je veux. Je veux. J'ai voulu. Voilà mon secret. Rien n'est inaccessible à Tartass. Et j'aime le monde, mon semblable. Je suis bon, compréhensif, mais ne croyez pas que je sois désordonné ni dépensier. Il n'est pas né encore celui qui déboutonnera ma tunique. On voit bien mon portefeuille qui pointe sur le sein, mais personne n'ose y toucher. Toute la colonie le regarde maintenant avec respect. On cligne un œil d'envie de mon côté. Ça me flatte. Ah ! je suis content ! bien content !

Je suis très populaire Mais on ne connaît pas encore Tartass. On le salue bien sur toute la ligne de Kayes à Bamako. Mais ce que l'on salue, c'est surtout son aspect extérieur, sa réputation, son passé, son présent, son avenir. L'homme, sa personnalité profonde, cela échappe à mes contemporains. Ils soupçonnent bien quelque chose, ils le voient mal. Je pèche par le savoir, je le reconnais, mais j'ai du fond. Et ce qu'il faut ici, à la colonie, c'est du fond, encore du fond, toujours du fond. Pour bien comprendre la valeur que je suis, mesurez la distance qu'il y a du zéro que j'étais à la superbe situation qui est la mienne aujourd'hui. Allez vous promener et demandez à voir mes maisons. Elles sont cinq. Toutes gagnées sou à sou, barbe à barbe, cheveu à cheveu, poil à poil ! Ah ! je suis content, bien content ! Je suis la preuve vivante que le Français qui vient à la colonie, qui mange peu, ne boit pas, ne sieste pas, que ce Français prospère, s'enrichit et finit par être un surhomme. Seulement ce n'est pas une raison pour faire le beau. Pas d'orgueil surtout, pas d'orgueil ! Le pognon vous donne la force, mais concentrez-la. Ne soyez ni généreux, ni vaniteux, ni luxurieux. Tout en dedans ! Rien pour la galerie !

– Enfin ! lui dis-je, que me voulez-vous ?

– Je suis Tartass. Vous avez devant vous un coiffeur millionnaire. Je ne sais avec qui j'ai affaire, mais j'en ai servi des têtes : le maréchal Pétain, le colonel de Goys, le duc d'Aoste, Pelletier Doisy. Un bon garçon. Il n'a pas voulu partir sans prendre le café avec moi. À Paris, voilà dix-neuf ans, j'ai coupé les cheveux à M. Aristide Briand, 31, rue de Dunkerque. Ah ! s'il savait la situation que je me suis faite, depuis ! Rue des Beaux-Arts, j'ai rasé M. Marcel Hutin. Il fumait toujours de gros cigares. Il en fumerait de bien meilleurs s'il avait suivi mon exemple ! Mais tout le monde n'est pas

Tartass ! Sans moi, que verriez-vous au Soudan ? Des barbes incultes, des cheveux de peaux-rouges et, chez les plus propres, des escaliers dans la coiffure. Voilà qui aurait produit bel effet sur les envoyés de la Société des Nations, l'an dernier, quand ces messieurs passèrent par ici. Ils auraient emporté une riche idée de la figure de la France sur les rives du Niger ! Tartass était là. Tout fut sauvé. Je suis content, bien content !

C'était un homme mastoc, court sur pattes, fort en mollets, avec une figure comme un derrière de jument. Il avait un pantalon de cheval, mais pas de guêtres, une vareuse officier ; de plus, à trois heures de l'après-midi, il était arrivé au buffet de Bamako sans lunettes, sans casque et à bicyclette ! Maintenant je me souvenais. L'homme m'avait été signalé.

– Vous allez au Soudan ? Alors, vous verrez Tartass ? Jusque sur le bateau, Tartass était célèbre.

– Il y a coiffeur et coiffeur. On connaissait déjà le coiffeur de ville et le coiffeur de campagne. J'ai inventé le coiffeur colonial ! Qu'est-ce que c'est ? Un homme qui digère bien, qui sait d'où vient la fièvre, qui la guette et la tue et qui est satisfait du climat. Je n'ai pas de boutique. Je suis le coiffeur à bicyclette, autrement dit le coiffeur à pédales. On me téléphone, une voix dit : « Tartass, montez à Koulouba tailler les cheveux de M. le gouverneur. »

En selle ! En selle ! Cinq kilomètres de côte. Tartass arrive à Koulouba. Je ne prétends pas que la colonie pourrait se passer de gouverneur, en tout cas aucun gouverneur ne pourrait se passer de Tartass. Ah ! je suis content ! content ! Ne pas avoir peur des distances, voilà le secret de la réussite. Je vais opérer à Kayes, à cinq cents kilomètres de ma résidence. Oui, monsieur, Tartass fait cela. À l'aller comme au retour, il taille et rase dans le train. Savez-vous que Tartass est la préoccupation de tous les broussards de Tombouctou à Dakar ? Deux mois avant, ils se disent : « Pourvu que Tartass soit dans le train ! » Il y est, tondeuse en main, ciseau en bandoulière, rasoir entre les dents. De station à station, de compartiment en compartiment, sur toute la ligne, son nom vole. Il vole comme un papillon du soir, chargé d'espoir. Les barbus seront glabres et les hirsutes transfigurés.

– Alors, vous êtes content ?

– Si je suis content ? Ça va ! Ça va ! je vous le dis. Ah ! que j'ai bien fait d'être cocu, que j'ai bien fait ! Sans cet incident, que serait Tartass aujourd'hui ? Un petit gratte-couenne dans un salon parisien. Je passerais ma journée à dire : « Au premier de ces messieurs ! » Cela eut lieu voilà dix-neuf ans, rue Mazagran, près des Grands Boulevards. J'avais une boutique ; remarquez que déjà Tartass était entreprenant – déjà ! Je revenais de poser un postiche à une cliente du quartier, je trouve ma femme dans le salon des dames sur les genoux de mon commis. Qu'a fait Tartass, Tartass qui adorait sa femme ? Il s'est exilé. Il a pris le bateau. Il a mis la mer entre l'objet de sa douleur et lui. Je suis arrivé à Dakar. J'ai accepté une place modeste aux chemins de fer. Un jour, le directeur m'a fait appeler et m'a dit : « Tartass, vous êtes un crétin, je vous mets à la porte. » Il me rendait à mon blaireau ! Vous avez bien retenu, un homme, dans son aberration, a dit à Tartass : « Tartass, vous êtes un crétin ! » Or qu'est Tartass ? Millionnaire, monsieur, millionnaire et bien considéré et la santé intacte, sain d'esprit comme de corps, cinq maisons au soleil !

– Évidemment, elles ne peuvent être à l'ombre dans ce pays-là !

– Heureux du devoir accompli, fier de l'avenir qui s'annonce. Ça va ! Ça va ! C'est Tartass qui vous le dit. Je suis content ! Bien content !

– Alors, vous voulez me couper les cheveux ?

– Uniquement !

Je l'emmenai dans ma chambre.

– Maintenant que vous connaissez Tartass, continua-t-il, vous pouvez apprendre la nouvelle : je me présente aux élections. Je brigue le poste de délégué colonial du Soudan et de la Haute-Volta au Conseil supérieur des colonies. Les plus hautes personnalités de Bamako forment mon comité. Ce sont elles qui sont venues me trouver et m'ont dit : « Tartass, il nous faut un drapeau. » Alors, je me suis déployé. Je me présente contre ce brave député d'Indre-et-Loire, M. Proust. Il est venu ici en avion. Eh bien ! personne n'a levé la tête pour le regarder, personne sinon moi, mais moi c'était pour lui dire : « Voilà ton adversaire, mesure-le bien. » J'en ai attrapé un coup de soleil sur le nez ! Je serai élu. J'ai des yeux, des oreilles, de l'odorat. Tartass voit, entend, sent. J'ai aussi...

Il était en train de me passer la tondeuse dans le cou. Il s'arrêta de tondre et de parler. Comme ce silence continuait, je me retournai. Il tirait la langue et, de son doigt, la montrait.

– Vous avez soif ? lui dis-je.

– Non, fit-il, cessant sa démonstration, mais j'ai aussi une langue, j'ai la langue de l'orateur ! Je suis bien content !

Il avisa ma propre bouteille d'eau de Cologne, s'en saisit et me frictionna.

– Une friction de cinq francs ou de dix francs ? me demanda-t-il.

Je lui fis remarquer que cette eau m'appartenait.

– Aujourd'hui il fait chaud, dit-il, je vais vous en mettre pour dix francs.

J'appris plus tard qu'il opérait toujours ainsi.

– Millionnaire, homme politique, défenseur des Blancs et des Noirs, car l'indigène, c'est Tartass qui vous le dit, est encore moins crapule que nous autres, voilà comment, après dix-neuf ans d'exil, je me présenterai bientôt à la ville de Paris.

– Eh bien ! au revoir, lui dis-je.

Il reprit sa bécane.

– Je serai élu, c'est peu de chose, c'est Tartass qui vous le dit. Ça va ! Ça va ! Je suis content ! bien content !

– Tartass ne vous a pas menti, me dirent, le soir-même, les notables de Bamako. Il est en effet millionnaire, et nous le présentons à l'élection de délégué. Hélas ! nous n'avons pas grand espoir. La colonie ne comprend plus la plaisanterie. Autrefois, il eût passé triomphalement, mais autrefois on avait de l'esprit et nous savions nous amuser. Enfin, attendons ! Ne pourriez-vous nous aider dans cette petite fantaisie ?

Le lendemain, je quittais Bamako. J'allais courir le Soudan et la Haute-Volta. On pouvait voir derrière mon automobile un large calicot blanc.

Il était écrit dessus :

VOTEZ TOUS POUR TARTASS !
ÇA VA ! ÇA VA !
JE SUIS CONTENT ! BIEN CONTENT !

VI
LE MOTEUR À BANANES

Des Noirs des deux sexes travaillaient sur la route. Pliés en deux comme s'ils attendaient le partenaire pour jouer à saute-mouton, ils la tapaient avec une latte. Cette compagnie faisait deux rangées, une d'hommes, une de femmes, les femmes vieilles et laides, la peau ratatinée sur le squelette. Évidemment, elles ne pouvaient plus servir... qu'à la route.

Sur le bord de la chaussée, un orchestre : trois tambourins et un flûtiau. Pour donner la cadence aux cantonniers, les musiciens scandaient un air qui montait et descendait en quatre temps, sur quatre sons, du lever du jour à son coucher. Un chien pacifique en serait devenu enragé !

Une autre équipe allait et venait, des pierres sur la tête, les uns n'en portant qu'une, les autres trois ou quatre, dans une petite corbeille, une corbeille pour une douzaine d'œufs !

Du chantier au tas de pierres, cinq cents mètres. Chaque pierre, chaque corbeille représentaient un kilomètre de marche. Vous m'assurerez qu'à notre époque il existe des rouleaux à vapeur, des camions automobiles, voire de vieux tombereaux. Je vous répondrai, d'ici, que vous avez rêvé ! En tout cas, si vous en connaissez dans les hangars de l'administration coloniale, dites-le, j'y courrai !

Un avion passe, parfois, au-dessus de l'Afrique noire ; cela se comprend, c'est une machine qui va vite. Tandis qu'un rouleau à vapeur ! Chacun en a vu. Rien ne se meut plus lentement. On m'a dit que l'un de ces instruments était en route. Il aurait quitté la France depuis vingt-huit ans ! Ayons confiance ! Il arrivera !

Cependant, poussez-le un peu, si vous le rencontrez, les nègres vous béniront !

On a essayé la brouette, il faut le reconnaître. La brouette datant de Pascal avait eu le temps de faire le voyage. Hélas ! qu'il soit mandingue, peuhl, bambara, sonraï, mossi, gourmantché, berba, toucouleur, le fils des ténèbres n'a jamais su se servir de la roue. La brouette basculait. Il butait dedans. Alors il la soulevait et la mettait sur sa tête ! On s'en est tenu là.

Trois tambourins, un flûtiau.

Quand la musique s'arrête, les tapeurs s'arrêtent.

Le capita fait repartir le tout avec son manigolo.

Ce sont les captifs !

Eh ! oui ! les captifs !

L'esclavage, en Afrique, n'est aboli que dans les déclarations ministérielles d'Europe.

Angleterre, France, Italie, Espagne, Belgique, Portugal envoient leurs représentants à la tribune de leur Chambre. Ils disent : « L'esclavage est supprimé, nos lois en font foi. »

Officiellement, oui.

En fait, non !

Souvenez-vous ! De cela il n'y a pas huit mois, une dépêche de Londres annonçait dans les journaux français qu'en Sierra Leone l'Angleterre venait de libérer deux cent trente mille captifs.

Il y en avait donc ?

Il y en a toujours, y compris ces deux cent trente mille-là ! Il n'y a même que cela ! On les appelle : captifs de case. Ce terme n'est pas une expression, vestige du passé ; il désigne une réalité. En langage indigène, ils répondent au nom de « ouoloso » qui signifie : « naître dans la case ». Ils sont la propriété du chef, tout comme les vaches et autres animaux. Le chef les abrite, les nourrit. Il leur donne une femme ou deux. Les couples feront ainsi des petits ouolosos.

Autrefois, ils étaient captifs de traite. Quand les nations d'Europe ont supprimé la traite (officiellement), ont-elles du même coup supprimé les esclaves ? Les esclaves sont restés où ils étaient, c'est-à-dire chez leurs acheteurs Ils ont simplement changé de nom : de captifs de traite, ils sont devenus captifs de case ; ils naissent *Ga-Bibi*, ainsi que l'on appelle les petits des serfs. Ce sont les nègres des nègres. Les maîtres n'ont plus le droit de les vendre. Ils les échangent. Surtout ils leur font faire des fils. L'esclave ne s'achète plus, il se reproduit. C'est la couveuse à domicile !

La France tâta d'une solution. Vers 1910, elle fonda, au Soudan, des villages de liberté. Nos envoyés parcouraient la brousse, recrutant, cette fois, non pour l'armée, mais pour le principe, Nous ramenions du gibier de ces tournées démocratiques. Nous le parquions dans nos villages. Vous pouvez penser combien les nègres s'amusaient à contempler le buste de la République ! On leur donnait des graines ; ils les mangeaient au lieu de les semer. Ceux qui arrivaient à vivre ne cherchaient, à leur tour, qu'à posséder des captifs. Les anciens chefs n'étaient pas contents. Ils leur avaient acheté leurs femmes, ils venaient les leur reprendre. Bref, ils retrouvaient le troupeau et d'un coup de chicotte, au nom des dieux locaux, ils inculquaient aux ingrats, en quelques dégelées, l'horreur du changement et le respect des traditions.

La France fit mieux : elle posta des sentinelles autour des villages de liberté pour empêcher les libérés de retourner à l'esclavage ! Elle n'alla pas plus loin !

On en rencontre encore, de ces paradis. Ils ressemblent à des champs de termitières. Les cases sont devenues des tas de boue. Dans l'un d'eux, près de Kita, à Dyambouroubourou, il n'y avait plus qu'un vieux... L'enfant de la liberté était courbé comme le charbonnier quand il atteignit le sixième étage, ses cinquante kilos sur le dos !...

L'Afrique est encore captive. Pour un homme libre il est quinze ouolosos. Dans la vie nègre, ces ouolosos ne sont pas fortement malheureux. Ils vont chercher l'eau, ils cultivent le lougan, et quand le propriétaire ne sait plus comment les employer, il dit à chacun : « Va-t'en pour six mois, débrouille-toi pourvu que tu me rapportes ton impôt. » En principe, ils travaillent quatre jours pour le maître ; les trois autres jours, ils s'étirent, grattent leurs pieds, se caressent le ventre. Mais ce ne sont là que détails ; nous sortons de l'affaire. L'important commence dès que le Blanc paraît.

Qui dit Blanc dit, ici, administration. L'administration est le moustique du nègre. À tous les moments de sa vie, elle le pique, troublant son farniente. Lui, qui dormait si bien !

– Dibout ! Dibout (debout) ! Cinquante hommes pour ma commandant !

C'est le milicien qui apparaît.

Il faut relever un pont, retaper une route, etc.

Le chef ne va pas donner ses enfants ni ses gendres. Il cède les captifs.

– Sauvazes ! crie le tirailleur, qui est aussi nègre qu'eux. En route, courir ! Chicotte !

Cela s'appelle les prestations.

Chaque Noir, en dehors de l'impôt, doit de sept à quinze jours de prestations par an.

Ce sont les captifs qui les font.

Au nom de la loi blanche, chacun ne doit que ses quinze jours ; au nom de la coutume noire, le captif doit quinze plus quinze plus quinze… tout ce que les autres ne font pas !

Ainsi tout le monde est content. La loi blanche est humaine et les coutumes d'Afrique sont respectées !

C'est le captif que l'on recrute pour l'armée. Et pendant la guerre c'était parfois son maître qui, tenant lieu de parents, touchait l'allocation !

C'est le captif qui constitue les compagnies de travailleurs. Là, il en a pour deux ans. C'est lui qui creuse le canal de Sotuba. Lui qui a fait et lui qui fait les chemins de fer du Sénégal, du Soudan, de la Guinée, de la Côte d'Ivoire, du Togo, du Dahomey. Du Congo ! Nous arriverons au Congo, soyez patients ; nous aurons chaud, mais ce ne sera pas pour rien !

L'argent qu'il reçoit, il le remet à son chef. C'est le captif qui ouvre les routes et les répare. C'est lui qui m'a porté, ainsi que mes caisses de conserves et ma valise. Ma pauvre chère vieille valise en peau de cochon, avais-tu l'air assez ahuri sur la tête de Mamadou, à travers la grande forêt !

C'est le captif qui, pendant des jours, arpente la savane, trente kilos de manioc en charge, suivi de ses femmes et ses enfants, lamentable kyrielle, pour ravitailler les chantiers de la civilisation !

Un camion ferait beaucoup mieux l'affaire. Mais l'essence revient à des prix fous, tandis qu'il y a beaucoup de bananiers. Lui, c'est le moteur à bananes !

Quand il n'y a plus d'hommes dans les villages et qu'il en faut encore, les chefs expédient les vieux ouolosos et les jeunes Ga-Bibi.

Après les vieillards et les enfants, ils envoient les femmes, non les jeunes captives, mais les anciennes, les desséchées, celles dont la peau, depuis longtemps, n'est plus repassée.

Tout sert en Afrique !

VII
C'ÉTAIT ENTRE 1880 ET 1900

SOUDAN !

Dans cette brousse, il vous vient subitement une pensée. Le paysage, les indigènes, cela disparaît un moment à vos yeux. Un écran s'interpose entre vous et cette réalité. Et sur l'écran, on voit :

La conquête !

Les shakos ! les couvre-nuques ! les soldats de France !

Écrasée, entre ce soleil qui fore et cette terre qui brûle, la colonne conquérante avançait…

Cette route ? Elle l'a tracée. Les pioches frappaient, les pelles déblayaient, la sueur coulait. Sous quarante degrés la peau était gercée, les lèvres coupées comme par le froid. L'harmattan, le vent du Soudan, soufflait et séchait la rosée sur les muqueuses.

On se rappelle que dans l'illustre Kayes, on vous a dit : « Tenez ! voilà la chambre d'Archinard. » C'était un clapier. Qu'à Kita, on vous a montré un poulailler : « Tenez ! c'est la demeure de Joffre ! » Qu'hier, votre chauffeur noir, arrêtant pile devant un village, vous a dit : « Tiens ! rigarde : Gaïeni (Gallieni) *deux ans la boîte* dans tata de Ahmadou. » Deux ans prisonnier d'Ahmadou, fils d'Omar ! Sept cents jours à limer ses barreaux dans ce champ de termitières, car, avant lui, dans ce pays, seuls les termites avaient travaillé ! On a noté exactement qu'une fois à Kabara il faudrait s'arrêter, en marchant sur Tombouctou, pour voir l'endroit où, près de l'arbre aux chiffons, Gouraud reçut son premier pruneau.

Parfois, une pyramide tronquée dans la brousse. On s'approche. On lit : « Souvenir colonial français au capitaine Gallieni, aux lieutenants Vallière et Pietri, aux docteurs Tantam et Bayol. »

Puis, c'est une tombe toute seule :

Ge.rges G.iva..r
li......t aux sp.his soudanais
tué à ennemi
28 ans.

Ce sont des cimetières, sur lesquels on a planté des arbres qui pleurent, des dioubalés :

Pélabon, lieut. 5e génie mort à Bafoubalé, 28 ans.

Sur cette pierre, tout est effacé sauf : *26 ans.*

Lagarde Jean
lieut. art. de marine
tué le... 27 ans.

Gaéta, Jean-Noël, 27 ans.

Durant, 29 ans.

Une stèle :

Nous, dont il fut le compagnon d'armes,
donnons-lui une pensée.

Le nom n'y est plus, il n'y a que l'âge : *25 ans.* Pendues par milliers aux branches des dioubalés, les chauves-souris recouvrent ces dalles d'une neige immonde et sans cesse renouvelée.

C'était entre 1880 et 1900. Nos colonnes...

En ce temps-là, Ahmadou, Habibou, Moktar et Mountaga se partageaient l'empire d'El Hadj Omar, leur père. Tels s'appelaient les jolis fils de l'empereur Toucouleur. Ahmadou tua Habibou, tua Moktar. Quant à Mountaga, il se fit sauter dès qu'il vit Ahmadou approcher de son tata.

Ahmadou régnait. C'était du joli ! Vouah ! disent les vieux nègres qui se rappellent ; il prenait papa, maman, moussos…

– Il mangeait tout ?

– Y mangeait petit peu !

Sur un territoire plus grand que la France, Ahmadou faisait le bandit. C'était la chasse aux cabèches. La région de Ségou était devenue un grand boulodrome. Les têtes roulaient toute l'année comme des boules le jour d'un concours. Il fut le plus grand bouliste de son époque !

Nous, nous étions beaucoup plus bas, pêchant dans le fleuve Sénégal. Ces têtes venaient finir de rouler entre nos jambes. En tombant à l'eau, elles effrayaient le poisson. La situation devenait intolérable ! On laissa les lignes, on prit le fusil.

Le gouverneur du Sénégal était Brière de l'Isle. « Pas si vite, dit-il aux soldats-pêcheurs. Posez vos flingots, je vais envoyer quelqu'un au sieur Ahmadou, qui lui dira deux mots. » Il lui expédia Paul Soleillet. Ahmadou fut gentleman. Il offrit du bangui à notre ambassadeur. L'ambassadeur le but. Mais il lui offrit de la viande ! Méfiant, l'ambassadeur refusa. La conversation s'en trouva rompue. M. Soleillet revint.

Les têtes continuèrent de rouler.

Quoique quelques-unes continssent de ces petits vers bien connus des poissons, les pêcheurs se fâchèrent. Et cette fois, Brière de l'Isle dit : « Je vais lui dépêcher le capitaine Gallieni. Il parlera plus sec. » Gallieni partit. Ahmadou l'immobilisa dans un tata ! Ce ne fut pas que l'on craignît beaucoup pour notre envoyé ; l'illustre maréchal, on s'en souvient, a toujours été assez maigre. Toutefois !

On changea de procédés.

Borgnis-Desbordes installa son P.C. à Médine.

Archinard arriva.

La conquête ! les shakos ! les couvre-nuques ! la colonne !...

Le soleil, cet anthropophage, ne se tenait plus de joie ! Il en mangeait de la chair blanche ! Il en mangeait jusqu'à faire éclater sa collerette ! Les marsouins y passèrent, avec leurs habits et leurs galons. Il digérait tout. Ceux qui lui échappaient avançaient. Ahmadou reculait et changeait de région. On le suivait. On le chassa de Ségou, de Nioro. Puis de San, puis de Dienné, puis de Mopti. Il alla se terrer dans les falaises de Bandiagara. On l'en fit dévaler. Il fallut treize ans pour l'avoir. Ce jour arriva. L'Empire toucouleur avait vécu.

Mais il y avait aussi l'Empire mandingue ! Samori ! Encore un bel oiseau, celui-là Tsang Tso lin de l'Afrique, toukioum noir. Cette tête de gorille était née Ga-Bibi. C'était un captif de Sori. De captif devenu dioula, il remontait, comme tous les autres, de la Gold Coast, son paquet de noix de kola sur la tête. Un soir qu'il était en verve et qu'il vendait ses noix au Torongo, il séduisit le roi, S. M. Bitiki. Il devint le chef des bandes de Bitiki. Cela fait, il envoya le roi se promener à sa place sur la route de Gold Coast. Puis il fit avancer le trône et s'assit dessus. C'est alors que les nègres en virent de belles !

Il mit d'abord la main sur les États qui l'entouraient. Cela fit le royaume de Ouassoulou, dont il se nomma roi. Deux fois roi et plus crapule que jamais ! Il paraît même que Samori ne mangeait pas seulement « qu'un petit peu de papa et de maman ». Il avalait tout ! Comme il avait grand faim, le deux fois roi traversa le Niger. Il entra au Mandingue. Là il dit : « C'est moi l'empereur. » Les festins redoublèrent.

Borgnis-Desbordes, Frey, Boylève, Combe marchèrent tour à tour contre cet homme au formidable appétit. L'autre tirait sa fourchette du jeu. On le repoussait de Kita à Bamako, de Bamako au Bakoy, l'Almami, car l'Almami c'était lui, surgissait toujours.

Péroz, Humbert, Archinard s'en mêlèrent. Chassé de ses États, il alla se proclamer roi à Kong, et choisit le Lobi pour se ravitailler en viande ! Braulet le suivit avec une mission. Il massacra la mission et peut-être bien Braulet. Caudrelier le força dans la forêt. Bref, il tomba dans les deux mains du capitaine Gouraud. C'était le temps où Gouraud avait deux mains !

Aujourd'hui, je me promène dans le Soudan, cigarette au bec. Ahmadou ne me mettra pas dans son tata, ni Samori dans le fond de son pagne. En traversant les villes, je lis des noms de rues. Rue Gallieni, rue Archinard, rue Binger. Un autre encore, celui-là ! Il partit seul, vêtu en dioula, traînant sa camelote. Il reconnaissait le chemin. Un jour, il quitta ses camarades. On ne le vit réapparaître que deux ans et demi après, sur les lagunes de la Côte d'Ivoire. On peut retrouver l'endroit, il s'appelle Bingerville !

Voici la rue du Lieutenant-de-Vaisseau-Boiteux. Ce lieutenant entra à Tombouctou avant Bonnier, avant Joffre. Il s'y fit massacrer. Bonnier aussi d'ailleurs.

Rue Bonnier.

Le lieutenant de vaisseau Mage fut tué sur le Niger.

Rue Mage.

Rue Baratier

Voulet et Chanoine donnèrent à la France l'Empire mossi. (C'est maintenant l'une des huit colonies de l'A.-O.F. Nous l'appelons la Haute-Volta.) Avec cinquante hommes, ils renvoyèrent trois mille cavaliers du Morho-Naba caracoler plus loin. Ils entrèrent dans Ouagadougou.

Apprenant cela, et sans doute aussi quelques autres petites choses, le gouvernement leur expédia le lieutenant-colonel Klobb, chargé de prendre leur place.

Ils le tuèrent. *Pas de rue Voulet-Chanoine.* Et Chanoine, dit-on, rôderait toujours aux confins du Sahel, habillé en Targui !

Vieux passé ! Joffre promettait à Cheboune, chef des Tengueriguiffs, que chaque fois qu'il entrerait à Tombouctou on tirerait un coup de canon !

Chacun se débrouillait !

C'était le pays de l'audace et de la jeune souffrance.

Tout cela fut conquis sans plan. Le ministère ne savait qu'après. C'était la marche individuelle !

Quand ces hommes remportaient un succès, ils recevaient de Paris vingt jours d'arrêts !

Heureusement pour la République qu'ils ne se sont pas arrêtés.

VIII

LES MÉTIS

« QU'EST-CE QUE trente-trois ans ? Je me retrouve comme si c'était hier... »
C'est un général au nom célèbre qui écrit cette lettre au commandant de Tombouctou.

« Je n'ai jamais cessé de penser à ce temps-là. Ah ! mon Soudan ! Qu'est devenue ma petite case près du fort Bonnier ? Où est ma mousso ? Mon fils ? Il était si gracieux ! Il portait le nom de Robert. Il est un homme maintenant. Où est-il ? Je dois vous dire que j'ai toujours interrogé les camarades qui revenaient de là-bas ! Ils ne savaient rien de lui. Sa mère se nommait Aïssa, du village de Kabara. Son grand-père était un

laptot. Je vous serais infiniment reconnaissant... »

Les métis !

Autre lettre d'un autre général :

« Vous vous souvenez qu'en 1904 j'ai enterré au cimetière de M..., près du fort, un enfant. Sur sa tombe, j'ai mis seulement : Henri ! Si le sable n'a tout recouvert, pourriez-vous... »

Robert tout court. Henri tout court. André tout court. Le calendrier y passa tout entier depuis longtemps et plusieurs fois !

Les métis ! Les mulots !

Les tout-petits tètent leur négresse de mère.

Le père est là ou n'y est pas. C'est un fonctionnaire, un commerçant, un officier ; c'est un passant. S'il est là, ce ne sera pas pour longtemps. S'il est absent, ce sera sans doute pour toujours. L'enfant grandira dans la case, la maman nègre étant retournée chez les parents. Le reste du village le regardera comme un paria, se demandant pourquoi ce tète-lait mangera plus tard leur mil. Aucune raison sociale n'interviendra dans ce jugement sommaire. La dépréciation sera instinctive, ni Blanc ni Noir, alors rien du tout ! La maman se remariera avec un Mandingue. Ses petits frères, eux, auront une race, une famille, une patrie : ils seront noirs. Le mulot sera mulot. Il n'aura pas de nom, pas de base, pas de sol à lui où poser ses pieds. Jusqu'au sein qu'il suce qui n'est qu'un cinquante pour cent de lui-même. Il passera sa vie à chercher sa seconde moitié. Quand on les voit, jeunes enfants, ils n'ont pas l'air d'aplomb ; ils penchent tantôt d'un côté, tantôt de l'autre. Ce sont les laissés-pour-compte d'un tailleur trop pressé. Ceux qui les recueilleront n'oublieront jamais qu'ils n'ont pas été faits sur mesure. Ils flottent.

Ils sont comme ces bateaux-jouets qui voguent dans les bassins municipaux. Dès qu'ils approchent du bord, un bâton les repousse ; quand ils gagnent le centre, un jet d'eau les inonde. Il en coule des quantités. Les survivants demeurent déteints.

Sans nom, ces demi-sang sont les fils des saints de la religion catholique. La République ne les laisse pas dans la brousse. Non ! Quand ils ont sept ans, on les arrache à la calebasse maternelle. On les réunit dans les centres, à l'école des métis. Ils constituent la plus étrange catégorie d'orphelins : les orphelins avec père et mère.

Tant que le papa est en Afrique, il ne les abandonne pas. Passe-t-il près de l'école ? Il va les voir, même quand il est rentré, de son dernier congé, marié avec « Madame Blanc ».

On rencontre des métis dans les meilleures maisons, assis entre papa et Madame-à-papa. Le colonial apprit la chose en route, sur le bateau, gentiment, à sa femme. La Française reconnaît que l'aventure est courante, à la colonie, et, comme souvent elle est intelligente, elle accueille l'enfant pendant les séjours.

Dès qu'elle a des bébés blancs, le petit mulot repasse la porte. Pauvres mulots ! Les fils de leur mère, qui sont noirs, ne sont pas leurs frères ; les fils de leur père, qui sont blancs, ne sont pas leurs frères. C'est peut-être pour cela, parce qu'ils ont tant cherché à comprendre, qu'ils ont tous de si grands yeux ?

Ceux dont le papa a disparu et qui n'ont rien fait à l'école, on les retrouve dans les villages. La mère est devenue vieille. Ce n'est qu'une négresse dans le pays noir. L'enfant, lui, n'est qu'un prénom.

« Tiens ! dit un Blanc qui passe, c'est le fils d'Untel ! » Il lui donne dix sous.

Si c'est une fille et qu'elle soit jolie, les Blancs la connaissent à la ronde. On lui donne cinq francs !

Il en est de plus fortunés. Joseph a son papa. Il mange tous les soirs avec lui, *à table*, à côté de moi chez la mère Vaisselle. Son papa est acheteur de cacao. Joseph est connu des habitués. On le caresse en passant. À neuf heures, l'acheteur de cacao va le coucher. Joseph est heureux, il ne sait pas encore qu'il y a des bateaux qui ramènent les papas blancs en France !

Plus tard les mâles seront instituteurs et les filles sages-femmes. L'instituteur et la sage-femme se marieront ensemble. Les noces sont parfois magnifiques quand la sage-femme est la fille du gouverneur...

Ces belles conclusions sont rares comme la fraîcheur.

Le métis est profondément malheureux.

L'école en fait moralement des Français, la loi les maintient au rang de l'indigène. La loi leur interdit de porter le nom de leur père. À vingt ans, la loi les verse dans l'armée noire. Un nègre, parce qu'il est né à Dakar, à Rufisque, à Saint-Louis ou à Gorée, est citoyen français. Le fils du général X..., du gouverneur, de l'administrateur en chef, de l'ingénieur, lui, est nègre ! S'il commet une faute, il sera jugé comme un nègre. Quand il obtiendra une place, il sera payé comme un nègre. Neuf francs par jour d'indemnité au fonctionnaire électeur noir, deux francs cinquante pour le métis. Cent francs par enfant pour l'autre, dix francs pour lui ! Frappe-t-il à la porte de l'administration ? Il est reçu comme un nègre. Si c'est un nègre de Dakar qui tient le porte-plume, il est chassé comme un chien. Henri qui avait de l'esprit m'a dit : « On devrait être fait tout en fesses, ainsi nous aurions plus de place pour recevoir les coups de pied ! » Le dernier des gnafrons des quatre communes envoie un député devant la Seine ; le métis reste dans le Niger. Ils ne sont ni blancs ni noirs, ni français ni africains, ni frisés ni plats. Le malheur est qu'ils soient tout de même quelque chose.

– Si l'on n'était rien, m'a dit Robert. On ne souffrirait pas. Et pourtant, regardez !

Robert m'avait entraîné chez lui, un propre petit logis de Mopti. Robert ouvrait le buffet, tirait les tiroirs. Je croyais qu'il allait mettre le couvert et m'offrir à dîner.

– Regardez ! On mange dans des assiettes ; on se sert de couteaux, de fourchettes, de cuillers ! On boit dans des verres !

– Et cette photo, lui dis-je, lui montrant au mur un général découpé dans un illustré.

– C'est papa !

On les a abandonnés. Là-dessus ils ne disent rien. La chose leur semble naturelle. Ils conçoivent obscurément qu'ils ne sont pas des enfants, mais des accidents, et qu'un accident est toujours malheureux. Toutefois on les a envoyés dans des écoles. Ils ont récité qu'ils étaient fils de Gaulois. On leur a fait porter des souliers, des chemises et des pantalons. Eux-mêmes ont ajouté les lunettes. Il fallait se garder de leur apprendre à lire si l'on ne voulait pas qu'ils vissent le nom de leur père sur les journaux !

Ils ne réclament pas la recherche de la paternité. Un vif sentiment de leur situation les anime. Ils savent qu'ils ne sont qu'un péché originel et en accusent Adam plutôt que sa lignée.

Cependant ils ont l'idée de se racheter. Connaissant le respect que l'on doit au vrai Blanc ils ne revendiquent pas d'être fils de leur père. Ce n'est pas le nom du Blanc qu'ils convoitent, loin d'eux cette audace, c'est sa nationalité. Non fils d'Untel, mais fils de Français ! Ainsi ratifient-ils eux-mêmes leur anonymat.

André, Henri, Jacques, Robert, autant que l'on voudra, mais citoyens français !

C'est leur rêve !

– Surtout, disent-ils, que nous sommes les fils de ceux qui ont fait la conquête. C'était dur en ce moment, nos papas ne pouvaient amener leur dame !

Assez de tragique !

Il est un projet qui dort au Palais-Bourbon. Le professeur Girault l'a préparé. Un député, s'il vous plaît, même s'il n'est pas colonial, pour porter cette charte à la tribune !

IX
CHEZ LE DIEU DE LA BROUSSE

AU BOUT de la brousse, il y a le commandant. Il faut entendre la chose comme je vais vous l'expliquer.

La brousse est un champ sans fin, non planté d'arbres, mais, semble-t-il, de martinets le manche en terre et les brins épanouis en fusée.

C'est le pays du père Fouettard !

Soudain, après deux cents kilomètres, barrant la route : une maison.

La maison est si bien au milieu qu'une auto mal élevée n'aurait qu'à continuer droit son chemin pour se trouver dans la salle à manger.

Il ne resterait plus qu'à dire au locataire : « Montrez-moi le menu ! »

Le locataire est un administrateur. Cet administrateur est civil. Les nègres l'appellent : « Ma commandant. »

La brousse a autant de bouts qu'elle a de commandants.

Entre chacun de ces bouts, il n'y a généralement rien. Quand il y a du monde, c'est des lions, des hyènes, des panthères, des chimpanzés, des phacochères, des antilopes-cheval et quelques autres petites choses de ce genre. Robert Poulaine, qui fait le même métier que moi, y rencontre même des hippopotames. Il n'a pas défoncé l'hippopotame, mais le capot de sa voiture. Cela lui apprendra à voyager la nuit comme si *Le Temps*, son journal, paraissait le matin !

Le commandant est le dieu de la brousse. Sans lui, vous coucheriez dehors. Les hyènes viendraient lécher les semelles de vos souliers, et, la langue des hyènes étant râpeuse, vous n'auriez bientôt plus de chaussures !

Donc on arrive et l'on dit : « Bonsoir, monsieur l'administrateur ! » Là dessus on boit ses apéritifs, on racle ses boîtes de conserves, on couche dans son lit. On en fait bien d'autres ! et, le lendemain, on repart sans même lui demander son nom ! C'est le poste de brousse.

Cent nègres sont toujours accroupis autour de ces résidences. Les premières fois je les regardais sans être autrement intrigué. À la fin, je dis à l'un de ces commandants : « Que vous veulent-ils, ces oiseaux-là ? »

J'allais le savoir. Assis près de l'administrateur dans son bureau, voici ce que je vis et entendis :

– Béma !...

Béma était l'interprète.

– ... Fais-les venir un par un.

Béma appela. Tous se levèrent. Le premier entra.

– Allez ! explique ton palabre, dit le commandant.

Je sais bien que palabre est du féminin ; ici on le met au masculin. Ce n'est pas par genre, mais sans doute pour faire une juste compensation !

– Ma commandant, commence le nègre, tu es mon père et ma mère.

Il continue en bambara.

– Qu'est-ce qu'il dit ? demande le commandant.

– Il dit que, voilà deux ans, il a prêté quatre vaches à Nialebé, de Sao ; que ces quatre grandes vaches ont fait quatre petites vaches ; que Nialebé prétend qu'elles n'ont fait que deux petites vaches...

– Où est Nialebé ?

– À Sao!

– Qu'il aille le chercher.

– Est-ce loin ? demandai-je.

– Non ! à cent vingt kilomètres.

On donna un *papier tampon* au nègre qui, docile, partit pour Sao.

Le suivant entra. Il était fort et semblait doux.

– Qu'est-ce que tu veux, tête de pipe ?

– Il dit que sa femme elle est partie.

– Qu'est-ce qu'il veut que ça me fasse ? Que bredouille-t-il encore ?

– Il dit que sa femme n'est pas bonne, qu'hier elle n'avait pas préparé le mil et qu'il l'a « engueulée ». Elle l'a insulté par le nom de sa mère. Alors il lui a f... une baffe !

Les nègres parlent le français qu'on leur a appris.

– Pourquoi vient-il me raconter ça ?

– Il dit qu'il faut que tu fasses revenir sa femme parce qu'il l'a payée un cabri, quatre poulets, plus un demi-gigot.

– Demande-lui ce qu'il a fait de l'autre moitié du gigot ?

– Il dit que l'autre moitié était bien pourrie, qu'il l'a mangée parce qu'il aime beaucoup ça.

– Dis-lui qu'il est un saligaud et qu'il f... le camp.

– Toi ! f... ton camp, fait l'interprète.

Le nègre sortit et alla se rasseoir devant la résidence. Il attendra des temps meilleurs.

Un autre.

– Qu'est-ce qu'il dit ?

– Il dit que c'est lui qui est venu voilà trois semaines parce que Samba lui avait cassé son canari.

– Alors ?

– Il dit que tu lui avais dit de demander trente centimes à Samba, qu'il les lui a demandés et que Samba les lui a donnés.

– Alors qu'est-ce qu'il veut ?

– Il dit qu'il ne veut plus rien, qu'il est venu te dire ça. C'est tout.

Six jours de marche pour venir, six pour retourner. On écrira après cela que les nègres sont paresseux !

Un autre.

– Il demande si tu le reconnais.

– Se paie-t-il ma tête ? fait l'administrateur.

– Il dit que, voilà un an, tu lui as dit d'aller à Abecher…

(Je fais le calcul : cela doit représenter trois mille kilomètres.)

– … pour réclamer une dette de trois cents francs.

– Alors ?

– Il est allé à Abecher. Celui qui lui devait trois cents francs était mort. Il est revenu (six mille kilomètres). Il te dit ça.

– D'où est-il ?

– Il est de San.

– Ah ! il est de San ? Demande-lui s'il est fatigué.

– Il n'est pas fatigué.

– Alors il va retourner à San *illico*. Il y a justement ce sac à porter au commandant.

L'interprète met le sac sur la tête du citoyen de San.

– Toi comprendre, qu'il lui dit. Toi porter le sac au commandant de San, toi courir.

Le nègre demeure ahuri.

– Si toi pas content, toi la boîte !

La boîte ! Tous les Noirs connaissent ce mot.

– Moi content ! fait-il.

Sous la charge, il reprit son pied-la-route pour une nouvelle petite promenade de trois cents kilomètres.

Nous avions remarqué une femme, dans le tas.

– Fais venir la mousso, Béma.

Si l'on admet qu'une bande de calicot sur les hanches et qu'une calebasse sur la tête ne constituent pas un vêtement, la mousso était nue. Elle était jeune aussi. Elle venait de Ké à douze jours d'ici.

– Avait-elle de l'argent ? demandai-je.

– Elle dit qu'elle n'avait pas d'argent.

– Comment a-t-elle voyagé ?

– Elle s'arrêtait tous les soirs dans un village, elle descendait sa calebasse. On la lui remplissait. N'est-ce pas ? Comment s'appelle-t-elle ?

– Kisili.

– Et quand le chef du village n'était pas trop âgé, Kisili payait son couscous à sa façon, hein ?

– Grou ! fait Kisili à qui l'on traduit la chose, grou ! grou !

– Bon ! que veut-elle ?

– Elle dit que son mari l'a battue et lui a volé les boubous qu'un Blanc marié à sa sœur lui avait donnés.

– Douze jours de marche pour me dire ça ? Qu'elle retourne chez son mari ou je la fiche à la boîte.

Kisili remonta sa calebasse sur sa tête et retourna chez son mari.

– Fais entrer le vieux.

Il était digne. Il salua de la main comme une fatma.

– Vas-y, fit l'administrateur.

– Il dit que le mois dernier il a envoyé sa femme porter le mil au village de Mâ. Un homme de Mâ la lui a prise. Il dit qu'il a trouvé cet homme et que cet homme lui a dit qu'un autre du village de Tebi la lui avait enlevée.

– Alors, tu veux ta femme ?

– Oui.

– Et si les deux autres lui ont donné la maladie ?

Il sourit.

– Ce scra une femme quand même ! dit-il.

– Va te rasseoir. On verra ça.

Encore un vieux Celui-là n'a pas besoin d'interprète.

– Ma commandant, salut ! Salut à la madame commandant. Je viens te dire que mon femme, elle court dans tout le village.

– Quel âge as-tu ?

– Soixante ans.

– Et ta femme ?

– Dix-huit ans.

– Elle est excusable, il faut comprendre les choses, toi qui es intelligent.

– Moi très intelligent et moi comprendre. Mais elle pourquoi venir dans mon case avec ses n'amants ? Toi comprendre, commandant ? Chez eux, pas chez moi ! Facile, ça, tout de même !

– Et tu seras content ?

– Oui. Mais moi vouloir encore qu'elle pile mon manger. Elle, y en a beaucoup fort, elle, peut faire plaisir à l'autre et couscous à moi sans jamais fatiguer.

– Dis-lui de t'obéir ou je la ficherai à la boîte.

– Bien ! commandant. À rivoir ! Merci ! Salut !

On fit entrer un tirailleur.

Il arriva sur ses pieds nus ; en se mettant au garde-à-vous, il cria lui-même : « Fisque ! »

Sous sa chéchia, il cueillit une lettre et la tendit. On lut :

« *Ma commandant, toi qui es plus puissant que le Seigneur, toi qui es digne de la Bastille, je viens te dire : Prends mon femme, puisque moi je m'en vais à Casablanca. Garde-la jusqu'au retour de ma service militaire. Mets-la à la boîte. Son père s'appelle Tianti Calla Sakabu, son mère*

Perai Dao. Moi, Patomo Faraolé. Veille bien que les tirailleurs ils ne l'abîment pas. Je te salue à bout portant, je me roule respectueusement à tes pieds et je signe avec des désirs joyeux et satisfaits, votre copie conforme.

Patomo. »

– Patomo ! si l'on ne t'a demandé que cinq francs pour écrire cette lettre, on ne t'a pas volé.

– Oui ! cinqué francs !

– Où est-elle, ta mousso ?

Il sortit et l'amena.

– Voilà elle !

– Comment la trouvez-vous ? fit l'administrateur. Elle vous plaît ?

– Peuh ! la poitrine est tentante, mais la tête...

– Alors, reconduis-la chez ses parents, autrement, c'est toi que je mettrai à la boîte. Compris ?

– Moi compris, commandant.

Il était midi. On monta prendre le bitter.

X

CHEZ LE DIEU DE LA BROUSSE

(bis)

ET J'ARRIVAI à Niafounké.

C'est un village comme ça, sur le Niger, quand on marche vers Tombouctou.

Un nègre, ramassé, costaud, en traînait un plus grand, par le poignet. Cela se passait au marché. Tous les cent mètres, les deux compères s'arrêtaient. Le costaud lâchait son homme et, levant les bras, il se mettait à hurler, devant la foule assemblée.

L'autre, tête baissée, subissait l'apostrophe.

Ensuite, l'aboyeur le ressaisissait, le menait plus loin ; la séance recommençait.

Alors il passa un Blanc, qui portait un vieux casque culotté, un de ces casques de broussard, qui racontent d'eux-mêmes les tornades, les hivernages, les tempêtes de sable, les coups de soleil et les attaques que, par en dessous, mène le cafard.

– Vous devez parler la langue, lui dis-je, que dit celui-là ?

– Il crie : « Ordre du commandant. Voilà un dégoûtant, un immonde saligaud, un vilain grand cochon, qui a fait pipi en plein midi sur la belle place publique. »

– Dites donc, parce que votre casque est le plus sale que j'aie encore aperçu, est-ce une raison pour vous payer la tête d'un étranger ?

– Allez au diable ! fit-il.

Il disparut.

Je me présentai chez le commandant.

– Est-ce vrai, lui dis-je, que votre aboyeur crie : « Voilà un dégoûtant qui a fait… » ?

– Oui, c'est vrai. Ils sont très orgueilleux et cela les vexe.

On ne devait pas s'ennuyer à Niafounké. Je m'arrêtai là. Justement, c'était jour de tribunal.

La physionomie de la résidence était réglementaire. Une centaine de Noirs attendaient, assis devant la maison. Toutefois, il me sembla remarquer du nouveau. Sous la véranda, un banc ; sur ce banc, cinq nègres, de toute évidence supérieurs aux autres. C'étaient des chefs de canton en retenue ! Il parait qu'ils se saoulaient, qu'ils manquaient d'autorité. Le dieu de la brousse leur avait « collé » huit jours de piquet ! C'étaient cinq préfets en bonnet d'âne ! Sacrée Afrique !

La justice en brousse n'a pas de palais. Elle n'a pas de juges non plus. Elle pourrait avoir un chêne ? Il n'y a pas que des fromagers ! La justice, c'est le commandant.

Un commandant est un homme universel. Lors d'une émeute, il se fait maréchal. Dans une période de famine, il est intendant. Si le fleuve ou les hippopotames font sauter un pont, c'est lui l'ingénieur. Conducteur des ponts, il l'est également de la chaussée. Voilà deux ans, on cherchait en France, de tous côtés, un ministre des Finances, chaque commandant en est un ! Il est avocat-conseil. On a vu qu'il était gargotier. Dans les forêts, il sera forestier ; sur la côte, canotier et, dans le désert, il deviendra chameau ! Aujourd'hui, il est juge.

Allons juger !

On s'installa dans une pièce de la résidence, le commandant devant une table, l'interprète à ses côtés. Flanquant la table, deux moricauds de la plus belle eau, deux notables : les jurés. En avant !

Le premier plaignant n'était pas décent. La ficelle qui le ceinturait tombait en lambeaux ! Il pourrait prendre son costume neuf quand il vient au tribunal !

– Qu'est-ce qu'il veut ? demanda le commandant.

L'homme partit dans un long discours. Estimant qu'il avait suffisamment parlé, le commandant l'arrêta. L'interprète traduisit :

– Il dit qu'ayant hérité des deux femmes de son père, dont l'une était sa mère, il a marié sa mère avec l'un de ses amis qui, en échange, lui avait promis une vache. Or, au bout de deux mois, l'ami lui a rendu sa mère en lui disant qu'il préférait sa vache. Il demande que l'ami reprenne sa mère et lui donne un mouton puisqu'il trouve que sa mère ne vaut pas une vache.

– Qu'en pensent les notables ? demanda le commandant

Les notables dormaient.

– Voyez ces saligauds, fit le commandant, et il frappa un grand coup sur la table. Les autres sursautèrent. Mis au courant, les notables voulurent connaître l'âge de la mère.

– À peu près deux fois mon âge, dit le fils.

Les notables répondirent qu'elle ne valait même pas un cabri !

Le tirailleur de garde saisit alors le fils infortuné et le jeta dans la cour.

On passa à l'affaire suivante.

C'était une tentative de meurtre.

Le blessé entra, se traînant sur son derrière. L'agresseur le suivait et l'aida fraternellement à se placer.

– Alors ?

– Alors, dit l'interprète, voilà : les gens du village étaient réunis pour battre le mil. Le père de celui-là devait treize francs cinquante au grand. Le grand dit :

« Donne-moi l'argent que me doit ton papa. »

L'autre répondit :

« Donne-moi un délai. »

Le grand dit :

« Ça va te coûter cher. »

L'autre le traita de « petits-yeux ». Sous cette grave injure, le grand le tailla avec son coupe-coupe.

– Pourquoi as-tu fait ça ?

– Allah ! Iaké ! Iaké ! C'est Dieu qui l'a voulu, répond le meurtrier.

– Tu as frappé ?

– Non ! commandant, c'est ma main qui a frappé.

– Que disent les notables ?

– Ils disent que, selon la coutume, il faudrait donner au grand cent coups de corde, le mettre aux fers jusqu'à ce que l'autre soit guéri, et le tuer si le blessé mourait.

– Comment va le blessé ?

– Il dit qu'il se porte aussi bien qu'une biche peut se porter quand elle a reçu une sagaie dans la jambe.

– Eh bien ! trois mois de prison, hein ?

– Les notables, fit l'interprète, disent qu'à cause des « petits-yeux », cela en vaudrait bien quatre.

– Un mois de plus pour les « petits-yeux » !

Au suivant.

Deux Noirs et une mousso entrèrent.

– Qu'est-ce qu'ils veulent ?

– Celui-là, dit l'interprète en montrant le plus petit, est un ancien tirailleur. Il revient de France. Celle-là est sa femme ; l'autre, c'est le frère du tirailleur. Le tirailleur, avant son départ, avait confié sa femme à son frère Aujourd'hui, il porte plainte contre son frère, parce que son frère ne s'est pas occupé de sa femme.

– Elle n'est pas maigre, pourtant !

– Il dit que son frère lui a donné à manger et que, là-dessus, il est content. Mais le frère lui a fait grande injure et grand tort. Pendant ces deux ans, il n'a pas touché sa femme. Il dit qu'en rentrant il pensait avoir un enfant ; qu'il n'en a pas ; qu'ainsi, il est appauvri. Il demande une indemnité.

– Vous entendez ça ! fit le commandant. Enfin !…

Les deux notables ne ronflaient plus. On leur demanda ce qu'ils en pensaient, selon la coutume. Ils se consultèrent.

– Ils disent, fait l'interprète, qu'il faut demander à la femme si c'est vrai.

– Rri ! fit la mousso. Ce qui voulait dire : c'est vrai !

– Alors, ils disent que le frère lui doit une indemnité.

– Qu'en pense le coupable ? demandai-je.

– Le coupable dit qu'il reconnaît avoir causé un dommage à son frère. Il dit que tu peux le condamner, qu'il est rempli de regrets comme le poisson l'est d'arêtes, mais que la femme de son frère ne lui plaisait pas !

Cela coûta trois cabris à ce délicat-là !

On continua. Il entra encore une femme et deux hommes. Il s'agissait d'adultère. Le mari, la femme et le n'amant. Le mari était vieux, mais il avait un magnifique boubou ; la femme était peuhl et portait sans voile une belle jeunesse. Le n'amant était pauvre : une ficelle, un peigne en fer.

Le mari dit :

– Mon femme a couché dix fois avec lui. Je demande cent francs.

– Il veut aussi le peigne en fer, dit l'interprète.

– Demande à la mousso si c'est vrai.

– Elle dit que c'est vrai.

– Demande-lui pourquoi elle a fait ça.

La mousso roucoula et, la tête baissée, parla entre ses seins.

– Elle dit que lorsqu'il n'y a plus de mil dans sa case, on va en chercher ailleurs.

– Bien dit ! fit le commandant. Et le n'amant, qu'est-ce qu'il dit ?

– Il dit qu'il a été content. Les deux notables regardèrent longuement la Peuhl.

– Qu'est-ce qu'ils pensent selon la coutume ?

– Ils pensent que, la femme étant jolie, cent francs ce n'est pas cher.

– Et le peigne ?

– Qu'il faut qu'il rende le peigne.

Le n'amant ne possédait pas un cauri !

– Je le sais bien, dit le mari, alors qu'il vienne travailler mon lougan pendant un mois.

– Tu acceptes ? demanda le commandant.

Le n'amant dit qu'il acceptait. Et ils repartirent tous les trois, gentiment.

L'affaire suivante était également celle d'un trio.

Cette fois le mari ne réclamait que trente francs.

– Allons ! vingt francs, fait le commandant.

– Toi comprendre, dit l'époux, mon femme c'est ma propriété. Quand ji prête un animal, on fatigue mon animal, on me donne indemnité. Mon femme est pareille mon animal : toi, comprendre, commandant ?

– Eh bien ! vingt-cinq francs !

– Non ! Trente francs.

Le n'amant intervint et lança :

– Quinzé francs !

– La mousso reconnaît-elle le délit ?

– Elle reconnaît.

– Seizé francs ! dit le n'amant, comme pris d'un remords de conscience.

Le mari voulait trente francs. On n'en finissait pas. Alors le commandant s'écria :

– Je dis vingt francs. Si les deux hommes ne

veulent pas s'arranger, je fiche la mousso et le n'amant à la boîte.

– Ah ! non, ma commandant, dit le mari, pas ma mousso. Ji prends les vingt francs.

L'affaire fut ainsi réglée.

Vaches, bourricots, femmes, on ne sort pas de ces cas. Mais pour les femmes, c'est bien moins grave : on s'entend plus facilement que pour les vaches !

XI

TOMBOUCTOU !

ET LE PÈLERINAGE va s'accomplir. Un nom sonne dans cette immensité. De Noirs en Noirs le Soudan est traversé. Le pays des moins heureux des hommes nous a dit un peu ce qu'il était. Les laptots nous font avancer sur le Niger. Ils pèsent de toutes leurs forces sur leur perche, s'encourageant du chant de leurs plaintes, pour que le Blanc, ce dieu visible, soit satisfait.

Il ne nous semble plus, maintenant, que nous ne percions que de l'ombre. Le Noir nous a parlé, la brousse s'est éclairée. Tombouctou va apparaître.

Ce peuple qui n'a rien – *rien* – a donc tout de même quelque chose ? Il possède donc une ville qui porte un nom ? Pauvre comme il est, il tient donc à faire un cadeau à notre imagination ? Nous ne le dédaignerons pas. Nous montons le chercher. Demain, nous replongerons dans sa misère. Nous le verrons de nouveau tout nu, sans défense, avec ses yeux d'animal domestique ; aujourd'hui soyons à l'honneur qu'il nous prépare. Il va nous montrer Tombouctou.

Bafoulabé, Toukoto, Kita, Bamako, Ségou, Macina, Dioura, Diré, Nia founké, les stations de notre chemin, qu'était-ce ? Ce n'était que l'Afrique noire dans son puissant anonymat, quelques petites taches sous un soleil furibond, des noms sans prestige, valant seulement pour les broussards ou les arpenteurs du service géographique.

Kabara est en vue, déjà. C'est ce village au bout du canal que nourrit le Niger. De là nous traverserons l'ultime brousse avant le désert, ce qui l'autorise sans doute, en comparaison de ce qui va suivre, à s'appeler forêt ! Sept kilomètres après...

Pauvre pays nègre ! Les Blancs, tes fils adoptifs, entendent ne pas te laisser le prestige d'une légende. Ils arrachent jusqu'à ta dernière loque. Ils ne veulent pas que Tombouctou soit quelque chose. Quand ils apprennent que vous y allez, ils vous rient à la figure. Un pèlerin qui monte à Tombouctou perd de sa valeur, à leurs yeux. Il passe pour un poète, ce qui est une grande honte à notre époque.

Voilons-nous la face : notre chaland touche Kabara.

Un chaland est une bien bonne bête, surtout quand on doit le quitter pour un cheval ! Le cheval est là, il m'attend. Pourvu qu'il ait entendu parler de Locarno et qu'il soit pacifique ? En tout cas, pour qu'il ne se trompe pas, j'ai garde en avançant vers lui de prendre une allure cavalière. C'est un cheval arabe par-dessus le marché ! Je ne tiens pas à aller vite. Ne peut-on lui entraver les pattes ? Il paraît que cela n'est pas possible. L'animal a l'air d'être en possession de tous ses moyens ! Il n'y a donc pas d'ânes à Kabara ? Enfin ! il n'est pas excité ! Heureusement que les chevaux ne boivent que de l'eau !

Pas de route pour aller à Tombouctou. On chevauche à travers les arbres comme un dieu sylvestre.

Étrange dieu ! Portant des lunettes noires et, sur la tête, une cloche de liège. Les branches des arbres vous piquent, vous regardez ce qu'elles ont : des cure-dents ! Dans ce pays qui ne vous offre rien à manger, les arbres ont des cure-dents ! Les eaux du Niger étant hautes, elles se promènent dans la forêt. Bonnes eaux ! Il semble qu'elles s'étendent le plus qu'elles peuvent pour tâcher, une fois par an, de donner à boire au désert. En tout cas, un marigot barre le chemin, il faut descendre de cheval. Autant de gagné !

La bête est dessellée. On met la selle sur son bras. Un tronc d'arbre creusé vous porte sur l'autre rive. Vous y êtes. Dix mètres d'eau vous séparent maintenant du cheval. On est déjà content. On lui fait de loin des petits signes narquois ; l'animal se jette dans le marigot et vous rejoint à toute nage ! Je lui tends un caillou blanc, en guise de sucre, espérant ainsi le dégoûter de moi pour toujours. Il n'est pas vexé. Seulement, il est mouillé !

Plus que trois kilomètres. Pourvu que ma peau sur laquelle je suis assis tienne jusqu'au bout ? Une pyramide de pierre. Que fait-elle là ? On se sent si loin du monde que tout ce qui le rappelle vous émeut. Le lieutenant de vaisseau Boiteux est tombé à cet endroit. C'est le dernier point ombragé. On voit déjà les sables.

Et voici l'arbre aux chiffons. Un musulman revenant de La Mecque s'est arrêté ici. Il y est mort. L'arbre est devenu fétiche. Tous ceux qui passent déchirent un morceau de leur boubou et le nouent à une branche. Ils auront un boubou neuf dans l'année et de la chance pour le reste du chemin. Laissons-y la moitié de notre mouchoir. Sait-on ?

Soudain plus d'arbres ! Devant vous un grand fleuve de sable. Le Sahel ! La fin du Sahara ! On se hausse sur les étriers. Pas encore !

Le cheval enfonce. Les sabots ne font plus de

bruit. Le silence, qui cependant était partout, semble, cette fois, dire qu'il est là.

Tout est blanc autour de vous. Le désert ondule. Un léger vent fait moutonner les petites crêtes. Un chameau navigue à l'horizon. Terre ! Terre !... Tombouctou !

Deux blocs d'abord, deux maisons étendent leur terrasse. On n'aurait pas pensé qu'elles fussent aussi hautes ! Ce n'est qu'un mirage. Elles n'ont qu'un étage. La vision s'élargit et, comme une taupinière extravagante, la ville surgit au milieu de sa défense : le sable. Rien ne la précède, rien ne l'entoure que l'immensité. C'est un amas de terre grisâtre et mal battue. Mais s'il n'y avait qu'une seule étoile dans le ciel, elle paraîtrait plus jolie et tout le monde connaîtrait son nom !

Tombouctou !

Seconde pyramide :

AU COLONEL BONNIER
ENTRÉ À TOMBOUCTOU
LE 10 JANVIER 1894
TUÉ
À TACOUBAO
AVEC 10 OFF., 2 S.-OFF. ET 80 TIRAILL.
LE 15 JANVIER 1894

Au désert, surtout, les dieux ont soif !

On a parlé des terrasses de Tombouctou. On a bien fait. Cependant, ne vous montez pas l'esprit, ces terrasses sont sans fleurs, sans jets d'eau. Ce sont les plafonds des cases sans toit. Elle ne sont pas de marbre, mais de boue. On ne peut dire qu'elles s'élèvent car elles s'écroulent. Et quand vous ne voyez personne dessus, c'est que les habitants viennent de passer au travers !

Tombouctou ! brûlant labyrinthe !

À part la place où nous avons élevé nos six ou sept bâtiments, bâtiments semblant délimiter une vaste piscine où l'on ne prendrait que des bains de sable, le reste est couloirs se soudant mal les uns aux autres, bien plus souvent cagneux que droits, où les bandits, s'il en était, vous attendraient tous les cent mètres dans une confortable encoignure.

De la terre mise en cube, voilà les maisons, le cube percé d'une entrée basse, et les fenêtres portant en tête, comme une noblesse, des bois sculptés.

C'est aussi un marché. C'est la ville sans race. Ici, ce ne sont plus les Blancs qui ont laissé leurs métis, mais les Arabes, les Touareg, les tout-noirs. C'est un creuset. Après des mois de désert ou de longue montée sur le Niger, c'était la cité du plaisir, la nuit attendue des caravaniers.

Tombouctou est encore cela. Salut !

Voici la mosquée et son cône transpercé de bouts de bois comme les joues d'un fakir le sont d'aiguilles.

On la répare. Elle tombait ainsi que tout ce qui est boue, ainsi que la ville...

L'autre jour, le commandant Févez fit appeler le cadi :

– Écoute, lui dit-il, moi je ne suis pas musulman, et tes histoires ne me regardent pas, mais ta mosquée dégringole. Mahomet ne doit plus savoir que dire à Allah ; ne penses-tu pas qu'il faudrait la retaper ?

Le cadi le pensa.

Aujourd'hui, tout Tombouctou travaille à la mosquée. Le tam-tam, en permanence, excite les replâtreurs. Les femmes, les belles sonraïs, rachetant leurs péchés, portent l'eau ; les hommes, les boules de banco ; les vieillards, appuyés sur leur bâton, encouragent du bras et de la voix. Ce sera magnifique. Plus une ville compte de pécheresses, plus les temples sont riches.

Qu'ont donc les Blancs contre la cité fameuse ? Tous y sont allés pour y voir le mystère, et paraît-il, ne l'ont point vu. Le mystère ne se voit pas, mes amis, il se sent. Il s'exprime sans voix comme un sourd-muet. Il y en a plein les ruelles désertes. Vous n'avez donc pas assisté à l'*Azalaï* ? C'est au mois de mai. Les caravaniers viennent des mines de Taoudeni ; ils apportent à Tombouctou le sel qui salera le Soudan, la Haute-Volta, le Sénégal, la Côte d'Ivoire, la Gold Coast, l'intérieur et toute la côte ! On voit déboucher du Sahel douze mille, treize mille chameaux. L'arrivée seule dure deux jours, trois jours. C'est le désert qui marche sur des échasses.

Les femmes de Tombouctou, les Fachis, ont revêtu leurs plus beaux boubous. Le linge est bien empesé. Le cimier de leur coiffure est refait du matin même ; trois boules de cheveux, tressés de laines multicolores, courant sur la fière arête. Leur or est aux oreilles, leur argent qu'elles ont mis en bracelets est à leurs poignets et à leurs chevilles. Celles qui ont un parapluie sont encore beaucoup plus belles ! Elles surgissent des portes basses de leurs maisons, emplissent les ruelles, gagnent le désert. Elles vont, en chantant, recevoir l'*Azalaï* :

– Haré ! Haré ! disent-elles (Chantons ! Chantons !). Les caravaniers sont des hommes magnifiques. Nous leur apporterons de l'eau pour se laver. Et si celui qui me choisit est le plus beau, je sais bien ce que je lui donnerai.

Elles vont, s'éventant de leur éventail de fibres de palmiers.

– Haré ! Haré ! L'homme de l'Ouest est un bel homme. S'il est voilé c'est pour que ses lèvres n'aient pas le goût du sable !

Elles sont toutes là, les sonraïs, toutes les jeunes !

– Haré ! Haré ! L'homme des puits a beaucoup de cadeaux, moi je n'ai que seize ans et pas d'enfant au dos !

Le soir de l'Azalaï ; les Kanambous, les maris, ne dorment pas dans la case de leur femme.

– Haré ! Haré !

Mais le lendemain leurs épouses leur apportent du mil et du tabac !...

La fête terminée, on entend encore les sonraïs qui chantent :

– Haré ! Haré ! L'homme de l'Ouest reprend la route, mais il n'a plus du tout d'argent !

Haré ! Haré !

XII
YACOUBA LE DÉCIVILISÉ

EXTRAIT d'un rapport de M. Clozel, ancien gouverneur du Soudan :

« Depuis 1895, M. Dupuis habite Tombouctou. Par son érudition, par sa connaissance extraordinaire des hommes et des choses du pays, il s'est créé dans la région une situation absolument unique. Il n'est pas un sédentaire du nord de la boucle du Niger qui ne vénère le nom de Yacouba sous lequel il est populaire jusqu'au fond du désert, par-delà Oualata et Taoudéni…

« Il fut pour tous, dans les moments difficiles, l'auxiliaire précieux dont le sûr conseil fait éviter

de ces fautes politiques qui peuvent avoir les plus grandes conséquences...

« Il n'est pas une colonne, une reconnaissance qui ne soit sortie de Tombouctou sans que le commandant ait à ses côtés M. Dupuis.

« Si nous avons, sans coup férir, visité Taoudéni, si, voilà quelques mois, nous sommes arrivés pacifiquement aux portes de Oualata, c'est beaucoup à lui que nous le devons.

« Dernièrement, le succès de la colonne Laverdure, dans le Gourma, fut un peu son œuvre et là, M. Dupuis savait aussi montrer sous le feu la plus belle énergie et le plus calme sang-froid.

« Des services aussi éclatants ne sauraient rester sans récompense. Ce serait une criante injustice. L'arabe, le songhay, le dialecte tamachek, le bambara, le peuhl lui sont aussi familiers que le français. C'est pourquoi j'ai l'honneur, Monsieur le gouverneur général, de vous proposer de l'admettre dans le cadre des affaires indigènes, avec le grade d'adjoint principal de 3e classe...

« Pas plus que moi, vous n'ignorez que cet homme exceptionnel est venu en Afrique comme missionnaire catholique, qu'il s'est dégagé de tous liens professionnels pour se consacrer uniquement au service de la France, au Soudan... »

Je partis de la place Joffre, ce grand bain de sable de Tombouctou ; tout de suite je fus dans le labyrinthe. Je devais prendre les ruelles qui filaient vers le nord. Je n'ignorais pas non plus que, pour se retrouver, il faut commencer par se perdre. Pour la première fois, depuis mon départ, je goûtais le plaisir de marcher. Tombouctou vous accompagne, vous parlant sans cesse du haut de ses petites ruines. C'est le silence le plus éloquent d'Afrique. J'allais chez Yacouba. Ici nul besoin de lever le nez pour voir ce qui se passe, tout est à la hauteur des yeux. Ainsi, dans une ruelle où j'étais perdu, j'aperçus un écriteau au-dessus d'une porte. Trouvait-on des logements à louer à Tombouctou ? Je lus : « Ici habita René Caillié en 1828 ». C'était là ! Le premier Blanc qui soit allé à Tombouctou et qui en soit revenu ! Le faux Arabe, le Français qui se maquilla pendant cinq ans et que le scorbut, sans doute pour aider à son déguisement, défigura ! René Caillié ! Juste cent ans. Le malheureux ! La gloire coûte cher.

– Yacouba ? demandai-je à un enfant nègre.

L'enfant nègre me prit la main et me conduisit devant une case.

Le trou de la porte béait dans la façade blanche.

Courbé, je descendis deux marches. La petite taverne où je me trouvais était si sombre que je n'y voyais plus. Mes lunettes noires enlevées, j'aperçus une forme qui semblait humaine, puis deux autres.

C'étaient trois femmes assises sur la terre battue. L'une était noire, les deux autres métisses.

– M. Yacouba ? fis-je.

Il n'était pas chez lui. Je sortis et m'adossai contre le four à pain commun à tout le quartier. Dans le silence de la ruelle, j'attendis. Un homme arriva de l'est, un très étrange Européen. Il portait une longue barbe blanche, le casque, un boubou, des pantalons de palikare. Une canne dans une main, dans l'autre main, une pipe et une blague à tabac faite d'une feuille de je ne sais plus quel arbre. Ses pieds étaient nus dans une enveloppe de cuir. Il avait du sourire sur le visage.

– Vous êtes monsieur Yacouba ?

– Oui, Yacouba.

On entra chez lui.

– Voilà ma femme, dit-il quand nous fûmes dans la sombre taverne, c'est Salama.

– Bonjour, madame (la négresse de tout à l'heure) !

– Mes deux filles (les métisses) ! Montons dans mon appartement particulier, je me suis réservé un coin à l'européenne.

Deux cours traversées. Dans la dernière une jeune négresse au corps tentant pile le mil.

– Une captive de ma femme. Elle est de la famille, vous savez !

L'escalier de terre nous conduisit dans une pièce longue, meublée d'une table, de chaises, d'un fauteuil. Des bouteilles attendaient dans un coin l'heure de leur sacrifice. Une deuxième captive, belle et nue, traversa la chambre.

– Je me suis adapté, fit Yacouba avec un sourire. Ici, c'est tout naturel. Personne ne pense à mal. Cette vie n'est pas factice comme la vie de France. On va boire un apéritif. Prenez du tabac dans ma blague, il n'y a pas plus frais.

– Les laptots qui m'ont poussé sur le Niger m'ont chargé de vous dire bonjour, monsieur Yacouba. Dans le vaste pays, je n'entends parler que de vous.

Je vis tout de suite que sa renommée ne l'empêchait pas de dormir.

– J'aime les Noirs. J'aime Tombouctou où mourut Dupuis, où naquit Yacouba. En 1902, quand j'étais Père Blanc, les indigènes m'avaient déjà nommé citoyen de la cité. Mon brevet portait : « Il participera à tous nos droits comme à toutes nos obligations. Toutefois, il conservera sa religion, comme nous, la nôtre. » Et je suis allé aux corvées sur les routes, avec eux. Plus tard, les notables m'ont agréé comme l'un des leurs en m'incorporant à un clan secret. C'était me donner plus que leur âme. Les autres membres noirs de mon quartier sont même tous morts. Je reste le seul représentant des nègres. Ils savent que je ne les trahirai pas. Je suis des leurs, j'ai quitté le clan des Blancs. Vous me demandez quelle fut ma vie ?

Il ne tenait guère à remuer tout cela.

– Ma vie ? Elle est comme vous la voyez.

– Vous êtes né un certain jour, pourtant ?

– Oui, je suis né rue des Billettes, à Paris, qui est aujourd'hui la rue des Archives, en face du temple protestant. Mon père était marchand de vins. Mais buvez donc un coup, c'est nécessaire dans ce pays ! À votre santé ! J'allais chez mes grands-parents, paysans, aux environs de Château-Thierry. À onze ans, je ne sais par quel miracle, je me retrouvai au séminaire de Soissons. Je ne sentais pas la vocation, mais cela faisait plaisir à ma maman. Après, je fus vicaire à Marbe, curé à Morgny, en Thiérache. En 1891, je partis chez les Pères Blancs que je vénère. Deux années d'études à Alger. Puis l'heure sonna. Je fus de la première caravane de missionnaires envoyée au Soudan. Ce n'était pas comme aujourd'hui. Combien avez-vous mis de temps pour venir de Dakar ?

– Dix-neuf jours, en flânant.

– En marchant vite, j'en ai mis quatre-vingt-sept. C'est moi qui ai fondé la mission de Tombouctou en mai 1895. Il paraît que cela fait trente-trois ans, l'âge de Notre-Seigneur. De 1897 à 1904, je fus supérieur de cette mission.

– Yacouba ? D'où ce nom vient-il ?

– Comment je devins Yacouba ? Yacouba n'est évidemment pas la traduction de Dupuis, ni d'Auguste-Victor, mes prénoms. Yacouba veut dire

Jacob en hébreu et en arabe. Quelques jours après notre arrivée à Tombouctou, les notables, conduits par le cadi Daounaki, vinrent nous rendre visite. « Quel est ton nom ? demandèrent-ils à mon supérieur, le père Hacquart.

– Abdallah !

– Et celui de ton camarade ?

– Yacouba !

– Mon père, lui dis-je après coup, vous auriez pu me choisir un nom moins youpin ! »

Il avait été pris de court. Je restai Yacouba.

– Vous avez fait colonne avec l'armée ?

– Ah ! oui ! En 1900, avec le lieutenant Pichon, à Araouan.

– Puis à Taoudéni, puis dans le Gourma, puis...

– J'ai connu tous ces messieurs les officiers. Savez-vous comment Gouraud attrapa ses vingt premiers jours d'arrêts ? Une bande de Touaregs nous ennuyait dans la forêt de Kabara. Il y partit, et reçut un bon coup, même que je n'avais ni teinture d'iode ni pansement pour le soigner. Mais la région fut nettoyée, la route libre jusqu'au Niger. Quelques jours après une dépêche arriva de Paris. Je m'apprêtais à déboucher ma dernière bouteille pour fêter son troisième galon. C'était vingt jours d'arrêts que lui envoyait le ministère ! On ne nous gâtait pas, en ce moment.

– Et comment n'êtes-vous plus Père Blanc ?

Il me regarda avec deux yeux remplis d'un trouble ancien.

– Excusez-moi, je ne suis pas embarrassé, mais les mots que je voudrais justes ne me viennent plus en français, ils m'arrivent en sonraï. Ne parlez-vous pas sonraï ? Voilà. À Tombouctou, je ne fus plus heureux. Ne pouvant résister à ma nature, je quittai la société des Pères Blancs, pour éviter de gros scandales.

– Alors ?

– J'allai trouver l'administration et lui dis : « Je laisse la robe.

– Que ferez-vous ?

– Je vais aller à Koriommé avec les pêcheurs.

– Impossible !

– Nommez-moi directeur du port, avec soixante francs par mois, c'est tout ce qu'il me faut. Je travaillerai pour la France. » C'était trop cher. Je descendis à Koriommé. Comme un nègre, j'y vécus avec mes amis les Noirs. J'y épousai Salama. Ma femme n'avait été mariée qu'avec des Européens, j'ai pris les enfants des autres Européens, les captifs, toute la maison. J'ai sept enfants à moi, dont deux au cimetière ; en tout, j'en ai treize en comptant celui de ma fille aînée. Elle était avec un Blanc qui est parti comme tous les Blancs. On ne l'a plus jamais revu. Victor ! Vous allez voir le numéro.

Il arriva un petit bout presque blanc, nu comme un Noir.

– D'où vient ce monsieur ? demanda Yacouba.

– De la rue des Billettes !

Paris ? La France ? Le petit-fils du Français ne connaît pas ces noms ! Le pays des Blancs, pour lui, c'est la rue des Billettes !

Yacouba reprit :

– Le gouverneur Clozel passa à Koriommé. « Un pêcheur nègre ? fit-il, voilà ce qu'on a su faire de vous ? » Il se fâcha. Il m'ouvrit, non sans grandes difficultés, la porte de l'administration. Et je revins à Tombouctou. Je pris un cuisinier. Salama ne pila plus le mil. On rogna mes boubous, on allongea mes pantalons, on coupa ma canne de cade, on remplaça mon turban par un casque. Salama me disait : « Pauvre Yacouba ! maintenant je suis demoiselle et toi tu es toubab ! » Peut être en ai-je l'air, c'est bien tout, mon âme est nègre.

– On m'a dit que vous aviez décidé d'aller en France une fois, mais qu'à Bamako, ayant vu le chemin de fer, cela vous avait tellement dégoûté que vous étiez remonté à Tombouctou.

– On vous a dit vrai. Cependant, je suis allé en France. J'ai voulu revoir ma mère, lui montrer mes enfants. J'étais complètement dépaysé. Je ne me sentais plus de ce pays blanc. Je vous le dis, mon âme jusqu'au fond est nègre. Je suis heureusement décivilisé. Dans la campagne de Thiérache, cela allait encore ; mais dans les villes ! Cette vie d'insensés ! Vous ne vous en rendez pas compte, mais votre existence est digne des plus fous. Ces gens qui courent, qui courent pour revenir toujours au même endroit dans leur maison ! Ah ! non ! En Afrique, on se sent vivre. On est bon. L'esprit n'est pas mesquin. Rien n'est abîmé par les préjugés. Tandis que chez vous ! « Tes enfants sont noirs », me fit remarquer mon frère, lors de ce voyage. Ici chacun comprend qu'il ne m'a pas été permis, normalement, d'en espérer de plus blancs. Vous me demandez si mes petits voulaient rester en France ? Non pas ! Au bout d'un mois, nous disions tous : « Où est notre vieux Tombouctou ? » Je suis un défroqué, monsieur ! Cela me met au ban de la société, en France. Mes pauvres gosses se font honneur de leur père, en Afrique. Paul me disait l'autre jour, en revenant de l'ouverture de la digue : « Papa, pourquoi restes-tu comme ça en arrière des messieurs ? » Il croit que son père est quelqu'un. Hélas ! un Blanc leur fera peut-être honte de moi, plus tard. C'est une pensée qui m'empêche souvent de jouir de leur présence autour de moi.

– Cependant, on vous dit heureux.

– Condamné à l'exil, j'ai su aimer mon horizon et m'y suis fort attaché.

– Et vos anciens camarades, les Pères Blancs ?

– L'un est venu à Tombouctou l'autre jour. Il a dit la messe. Je lui ai demandé la permission d'y assister. Il en a été très heureux. Le saint homme a prié pour moi. Quant aux autres, je leur écris parfois comme un revenant.

– Vous répondent-ils ?

Yacouba se leva. Il déplaça quelques bouteilles d'apéritif, ouvrit une trappe, en retira une boîte en fer. Il en sortit une lettre que les termites, ainsi, n'avaient pu manger.

– Lisez, dit-il.

Vicariat apostolique du Soudan,
12 janvier 1928.

Mon très cher confrère, car, en dépit de tout et par-delà toutes les vicissitudes de la vie, je vous ai toujours considéré et aimé comme tel et je sais que tous mes autres confrères du Soudan partagent avec moi les mêmes sentiments à votre égard. Si jamais, à mon retour au Soudan, je vais jusqu'à Tombouctou, vous accepterez, n'est-ce pas, que je vous fasse une visite ? Soyez tranquille et sans arrière-pensée, je ne vous importunerai pas ni ne chercherai à faire l'assaut en quoi que ce soit de ce qui vous est personnel, et nous nous quitterons meilleurs amis qu'au début de l'entrevue.

Ma bénédiction ? Vous la demandez ? Je vous la donne grande, large, immensément fraternelle et je vous embrasse comme jamais frère n'em-

brassa son frère. Votre vieux et extrêmement affectionné frère en Jésus et Marie.

Fernand Sauvant
Vicaire apostolique du Soudan

Quand j'eus fini de lire la lettre, le vieux Yacouba pleurait. Sans doute la savait-il par cœur...

XIII
UN SOIR SUR LE NIGER

Par Mercure ! Par ses ailerons battant à son casque et à ses chevilles, si j'avais une chienne je lui commanderais trois petits chiens, les plus méchants, bien entendu ! L'un pour Mme Édouard Herriot, le second pour Mme Paul Morand et le troisième pour Morand Paul.

Ces agréables voyageurs se trouvaient à Niafounké. J'avais même eu le plaisir, auparavant, de les rencontrer à Bamako. Ensemble nous avions traversé une partie du Sahel, le fusil à la main pour tuer des lions, des panthères, des hyènes, des autruches, tout ce qui porte un nom en plumes et en poils. Nous n'avions d'ailleurs réussi qu'à tuer (à demi heureusement) le très sympathique

M. Peyron, résident à Macina. Enfin ! il vit toujours, et de longues années, je l'espère, lui restent pour nous maudire !

À Niafounké nous prenions le Niger. Deux chalands nous attendaient. Ici, donnez-moi toute votre attention, le drame commence. On mit dans un chaland la nourriture, la boisson et les ustensiles dont les Blancs, d'ordinaire, se servent pour manger.

Tout alla très bien. Mme Herriot, malgré notre avis, se baignait dans le Niger, alors on était en armes pour surveiller les caïmans. L'après-midi, on jouait au poker et, cette fois, on se surveillait mutuellement. Henri Béraud, en souvenir d'un tumultueux passé, m'ayant, à mon départ, fait don d'un phonographe, le soir on écoutait le phonographe. C'était l'entente. Tout juste si l'on ne s'embrassait pas avant d'aller au lit.

Les chalands restèrent à Kabara. La caravane Herriot-Morand monta à Tombouctou. Puis elle en redescendit tandis que j'y demeurais. Elle emmènerait son chaland. Le mien m'attendrait. Au revoir ! Au revoir ! Bonne route de retour ! Bonjour à Paris ! criai-je à ces parfaits compagnons de huit jours, jusqu'à ce qu'ils eussent disparu derrière les arbres cure-dents.

Tombouctou m'occupa. Du cadi au cimetière, des nomades aux sédentaires, du désert aux ruelles, du soleil à la lune, cela dura bien des jours. Enfin, un après-midi, le petit cheval réapparut. Il était même toujours aussi arabe et aussi fringant ! C'était l'heure de reprendre mon pied-la-route.

J'arrive à Kabara. Le chaland est là. Un sous-officier désire que je le recueille. Il rentre en France. Où que j'aille, cela lui gagnera du temps. Montez, sous-officier ! Adieu, commandant Févez, mon cher hôte ! Adieu, monsieur Guy ! À vos perches, laptots ! Quatre jours de Niger jusqu'à Mopti reposeront la plante de nos pieds. Après nous filerons tel l'antilope-cheval sur Ouagadougou.

Le chaland glisse. La nuit se prépare. Évidemment je serais mieux sur les boulevards à regarder passer les Parisiennes. Il est vrai qu'alors je ne me rendrais pas compte de mon bonheur ! Consolons-nous dans la nourriture et le pinard.

Où sont les caisses ? Où donc ma langue de bœuf à la sauce tomate ? Où donc mon thon mariné dans son huile bouillante ? Où ma mortadelle que j'étendais sur mon pain comme une belle vaseline rose ? Où donc ce précieux vin, providence des broussards, dans lequel on peut tremper indifféremment sa plume pour écrire ou ses lèvres pour boire ? Et mon fromage de tête de cochon ? Et mon cassoulet aux os de lapin ? Et mes jambons de chien de fourrière ? Tout s'est envolé. La voilà bien la *magie noire* !

Incompréhensible ! Mme Herriot ne buvait que du thé. Mme Paul Morand ne buvait que du thé.

Morand buvait comme ces dames. Qu'ont-ils fait de ma boustifaille ?

Et les cuillers, et les fourchettes, et les assiettes ?

Ils ne mangeaient pourtant ni le fer ni la porcelaine. Et le verre ? Quel estomac sans en avoir l'air !

Pas même une canne à pêche qui me permettrait de fouiller le Niger pour y chercher ma nourriture !

Ils m'ont laissé un couteau, le plus pointu, sans doute pour me permettre d'en finir avec mon désespoir.

Éminentes dames, illustre ami, je ne vous avais cependant rien fait !

Les laptots, sur le pont, étaient en train de s'empiffrer de couscous. Un nègre mange comme dix Blancs. Pendant le temps que nous avalerions trois crevettes, ils s'envoient des kilos de mil dans l'estomac. Ce soir, pour me narguer, ils mangeaient encore davantage ! Une boule n'attendait pas l'autre. Ils y allaient des deux mains. « Fais-moi goûter ton truc », dis-je au chef. Il me pétrit une belle boule, bien ronde, bien sale. Je l'essuyai. « Bon ! faisait-il. Bon couscous ! » Cela ne pouvait passer. C'était comme du sable arrosé de sueur. « Donne un franc, demain tu auras poulet. » Demain !

Je recommençais les recherches. Rien sous le lit, rien au plafond. Il ne restait décidément que les murs pour y frapper ma tête. Si mes ingrats compagnons avaient été là, je les eusse dévorés !

J'avais bien mon boy, mais son corps étant sans doute aussi dur que sa tête, comment mes dents en seraient-elles venues à bout ?

On redescendait le Niger accompagné par les oiseaux-trompette.

– Ti n'as pas fusil ? me demandait le chef laptot.

Et il me montrait des canards qui, par milliers, passaient d'une rive à l'autre. Cela me rendait plus amère l'heure présente : tant de canards au ciel et pas un seul aux petits pois !

– Toi, connaître Dadannelles ? continua-t-il.

– Moi, connaître Dardanelles.

– Toi, connaître Saint-Aphaël ?

– Moi, connaître Saint-Raphaël.

– Toi, connaître Montauban ?

– Moi, connaître Montauban.

– Toi, tout connaître ! Toi connaître aussi mon père et ma mère ?

C'était un ancien tirailleur.

– Comment trouvais-tu la France, lui dis-je, était-ce bon ou pas bon ?

– Bon ! La France, beaucoup zolies boutiques, beaucoup lumière, beaucoup madames blanc...

Il se gargarisa d'un grand rire.

– Qui m'appelaient mon Mamadou, qui donnaient à moi cadeaux beaucoup !

– As-tu des lettres d'amour ?

Ils ne sont pas rares les tirailleurs qui vécurent la belle aventure. Que de lettres parfumées prirent le chemin d'Afrique, après la guerre ! Lettres ne sortant pas des bas-fonds, ayant du style : À mon Mamadou ! À mon Samba ! À mon Galandou ! À mon Moussa chéri. Ah ! belles curieuses !

– Oui, moi avoir des lettres. Toi venir jusqu'à Koulikoro, moi montrer elles, à toi.

Il s'agissait bien d'aller à Koulikoro ! J'avais faim.

Soudain, une idée me vint. Ou je rêvais, ce qui eût été permis avec tant de vague dans l'estomac, ou j'avais embarqué un sous-officier à Kabara. Or il n'y avait pas de sous-officier dans le chaland ! L'*auraient-ils* aussi mangé par T.S.F. ? Il devait être dans la machine. On rapprocha les deux bateaux. J'enjambai. Mon homme dormait sur le tas de bois, près de la chaudière, comme s'il avait fait grand froid et que nous fussions en route pour la chasse aux loups.

– Eh ! lui dis-je en le secouant, je n'ai rien à manger.

Il se réveilla lourdement.

– Excusez-moi, qu'il fit, je n'ai pas faim, j'ai trop bu.

– Vous avez bien de la veine !

– C'est, dit-il, que je reviens d'Araouan.

Il avait des provisions. Les fonctionnaires ont l'habitude de voyager lentement. En Afrique, les transports sont officiellement dans la même situation qu'il y a trente ans, avec, pourtant, cette différence que les remorqueurs sont usés. Pour faire plaisir à des voyageurs de choix, l'administration n'a d'autres moyens que d'emprunter des machines à l'industrie privée. Le passager de luxe, bien cocotté par le gouverneur, chantera à son retour en France la rapidité des transports dans le pays sauvage. Il la chantera d'autant plus haut qu'il sera mieux élevé. Sortons des salamalecs, et nous verrons que rien ne circule. Le 21 février, un commis adjoint arrivait à Tombouctou ; il était allé vite, ayant quitté la France le 7 janvier ! Si je n'avais recueilli le sous-officier, il eût attendu une autre occasion à Kabara. Il faut près d'un mois aux fonctionnaires pour couvrir ce que, normalement, à notre époque, on pourrait faire en cent heures. Combien d'indemnités de route n'économiserait-on pas si nous avions des vapeurs ? Mais où ai-je pris que l'on devait marcher à toute vapeur à travers l'Afrique ?

– Araouan ! répétait le sous-officier assis maintenant en face de moi. Araouan !...

Je mangeais ses boîtes de thon, je broyais les os de lapin de son cassoulet. Je buvais son vin noir.

– Moi, disait-il, j'ai pris dix-neuf apéritifs cet après-midi, je n'ai plus soif !

– Vous êtes une distillerie et non pas un sous-officier !

– J'arrivais d'Araouan, vous comprenez !

Je me souvenais d'avoir lu ce nom sur beaucoup de tombes au cimetière de Tombouctou.

– Alors les copains sans-filistes de Kabara font la fête quand l'un de nous revient d'Araouan. Ils savent ce que c'est, même ceux qui n'y sont pas allés.

– Où est-ce votre Araouan ?

– Est-ce que je sais ? Six jours plus haut que Tombouctou, dans le Sahara.

– Et qu'est-ce que vous faites là-bas ?

– On y crève, pardi !

– À part ça ?

– À part ça, on a la fièvre. J'y faisais aussi de la sans-fil. Mais mangez, buvez, j'en ai plus qu'il ne m'en faut.

Il me versa un verre de vin.

– À la tienne, Paul Morand !

– Quoi ? fit-il.

– Rien.

Il se dandinait et, se frappant les genoux :

– Araouan ! Araouan ! disait-il, en songeant profondément.

– Vous étiez nombreux, là-bas ?

– On était tout de suite dix.

– Il y a un village ?

– Quand il passe des chameaux ! On est là pour courir après les rezzous. Si seulement il y avait de l'eau dans le puits ! Tiens ! je vais me coucher.

On rapprocha les deux chalands. C'était tout à fait la nuit. Contrarié par la manœuvre, le Niger siffla comme fait un chat hérissé devant un chien.

– ... *Dianisèqué* (bonjour), nous lança le chef laptot.

– Ah ! vieux Bambara ! fit le sous-off en lui bourrant la poitrine, vieux Bambara ! Ça va, oui ? Ton père va bien ?

– Oui, y va bien.

– Ta mère va bien ?

– Oui, y va bien.

– Ta vache va bien ?

– Je vous rendrai tout ça à Mopti, lui criai-je.

Il disparut, roulant des épaules et répétant :

– Araouan ! Sacré Araouan ! Même pas d'eau dans le puits !

XIV
LE NÈGRE N'EST PAS UN TURC

Adieu, Mopti ! Adieu, Dienné, jolie fille du Soudan ! Dienné où l'on reste étonné à cause des places, des rues, des maisons à un étage et de la mosquée que l'on rebâtira à l'exposition coloniale. Du moins je l'imagine. Que montrerait donc l'Afrique à Vincennes sinon la mosquée de Dienné ? Salut encore, immense simplicité du pays noir ! Adieu ! San !

Si j'ai quitté mon chaland et retrouvé de la nourriture ? Je pense bien ! J'ai fait tout cela à Mopti. Même que je suis assis sur mes conserves pour qu'elles ne s'envolent plus. Et je roule, je roule comme si les lions sans crinière de la région étaient tous à mes trousses. Pourtant je ne rencontre que des perdrix et des pintades. Maintenant que je n'ai plus besoin de rien, la route est pleine de volailles !

Ah ! les belles routes ! On ne peut rien imaginer de mieux. Je ne plaisante pas. Les routes sont magnifiques ; demandez plutôt aux indigènes ! Elles sont d'autant plus remarquables qu'elles ne nous ont pas coûté un cauri.

On n'a dépensé que du nègre ! Sommes-nous donc si pauvres en Afrique noire ?

Pas du tout ! Le budget du gouvernement général possède une caisse de réserve de je ne sais combien de centaines de millions ! *Caisse de réserve* ? Expression scandaleuse pour un pays neuf. Les centaines de millions, on devrait les emprunter pour mettre le pays en valeur et non pas les enfouir dans la vieille chaussette nationale de laine ! C'est une conception qui vous pétrifie. Par quoi est composée cette caisse de réserve ? Par les recettes des colonies qui forment le gouvernement général.

Il faut, à cet endroit, entrer dans une autre précision. C'est indispensable. Il existe des Français qui croient que les colonies coûtent de l'argent à la métropole. Pas un liard ! Elles sont plus riches que la France, nos colonies. Vous allez dire que cela n'est pas encore beaucoup. Allez donc, rue de Rivoli, demander au gérant du ministère des Finances de vous montrer sa caisse de réserve !

Nos colonies vivent.

Elles font vivre des milliers de militaires et de fonctionnaires français.

Il en est même une qui sert une rente à la France !

Ceci dit, reprenons.

Nous sommes pour l'instant en Afrique-Occidentale française. Huit colonies. Chacune a son budget. D'où vient l'argent ? De l'impôt que verse *chaque* nègre et des droits de douane que paye tout le monde. Exemple : le Dahomey, le plus petit morceau de cette galette, avoue cette année soixante-deux millions de recettes. On lui abandonne vingt millions pour ses besoins. Dakar (le gouvernement général) prend quarante-deux millions. Même procédé pour les sept autres tranches.

Les colonies ne sont pas contentes. Elles ont bien raison. Elles disent qu'elles sont les premières à connaître leurs besoins. Le Dahomey affirme qu'avec l'argent qu'il envoie à Dakar les Dahoméens pourraient s'offrir de beaux wharfs, des kilomètres de chemins de fer et des installations définitives. Ainsi parlent le Soudan, la Haute-Volta, le Sénégal, la Côte d'Ivoire, le Niger, la Guinée. Quant à la Mauritanie, elle ne parle pas, elle court !

Dakar prend donc l'argent.

Dakar explique son appétit par un principe. Chaque colonie, dit-il, est solidaire des autres. Avec l'argent du Dahomey, je ferai en Haute-Volta des travaux qui serviront le Dahomey. Très logique. Mais il en est des principes comme des peaux de lapin : c'est à l'usage que l'on voit si les poils tiennent !

Jusqu'à ce jour, les poils s'envolent !

L'œuvre la plus urgente dans ce pays serait de *fabriquer* du nègre.

Pour employer l'expression officielle, l'Afrique noire n'est pas une colonie de peuplement. Le Blanc n'y demeure provisoirement qu'en se ménageant et définitivement que dans un cercueil. Si j'étais gouverneur général, je tendrais un immense calicot sur la côte maudite et j'y ferais peindre ces mots : « Le Blanc qui fera un effort inutile sera immédiatement puni par la nature. »

L'indigène nous est donc indispensable.

Sinon par amour du prochain, du moins par égoïsme, nous devrions veiller sur lui comme sur un champ de blé.

On le fauche avant qu'il ait poussé son épi !

La tâche première d'un commandant d'hommes est de préserver ses hommes de la mort. Autrement, de commandant on devient gardien de cimetière.

Trois cent millions dans la caisse de réserve, mais :

– ni un camion à benne,

– ni un rouleau à vapeur.

Rien que des nègres et que des négresses, une pierre sur la tête et une latte d'arlequin à la main !

Au Soudan, en Haute-Volta, en Côte d'Ivoire, dans toute la pléiade, on compte plus de cinquante mille kilomètres de routes. Tous les matériaux qui ont servi à les faire ont été portés sur la tête du nègre !

Qu'est-ce que le nègre ? Le nègre n'est pas un Turc, comme l'on dit. Il n'est pas fort. Le noir, en teinture, n'est pas un brevet de solidité. Parfois, dans les camps, les prestataires meurent comme s'il passait une épidémie. À ce propos, une phrase grandiose ; elle est extraite d'un rapport officiel. On y lit : « La fragilité inconcevable des indigènes... » Il faut les voir quand il pleut. Ils marchent ratatinés, comme sous le coup d'une violente colique, à petits pas sautillants, les deux bras croisés sur leur poitrine, main droite tenant l'épaule gauche, main gauche tenant l'épaule droite. Et les soirs ? Il ne fait pas chaud toujours ; ils toussent comme dans un sanatorium. Ceux qui possèdent une loque la plaquent soigneusement sur leur dos. Cela ne les empêche pas de grelotter, en compagnie des moins riches, autour de trois tisons de bois où quelques-uns soufflent jusqu'à leur dernier souffle.

On agit comme s'ils étaient des bœufs. Tout

administrateur vous dira que le portage est le fléau de l'Afrique. Cela assomme l'enfant, ébranle le jeune Noir, délabre l'adulte. C'est l'abêtissement de la femme et de l'homme. Le Blanc soutenait une thèse, il disait : « Nous les obligeons à faire des routes ; c'est pour leur bien ; le portage les tue ; les routes faites, ils ne porteront plus. »

Ils portent toujours !

Où nous devrions travailler à peupler, nous dépeuplons. Serions-nous les coupeurs de bois de la forêt humaine ?

Où nous a conduits cette méthode ?

À une situation redoutable.

Depuis trois ans :

1° Six cent mille indigènes sont partis en Gold Coast (colonie anglaise) ;

2° Deux millions d'indigènes sont partis au Nigeria (colonie anglaise) ;

3° Dix mille indigènes vivent hors des villages, à l'état sauvage (plus sauvage !) dans les forêts de la Côte d'Ivoire.

Ils fuient :

1° Le recrutement pour l'armée ;

2° Le recrutement pour les routes ou la machine (chemin de fer) ;

3° Le recrutement individuel des coupeurs de bois.

C'est l'exode !

Ainsi nous arrivons en Haute-Volta, dans le

pays mossi. Il est connu en Afrique sous le nom de réservoir d'hommes : trois millions de nègres. Tout le monde vient en chercher comme de l'eau au puits. Lors des chemins de fer Thiès-Kayes et Kayes-Niger, on tapait dans le Mossi. La Côte d'Ivoire, pour son chemin de fer, tape dans le Mossi. Les coupeurs de bois montent de la lagune et tapent dans le Mossi.

Et l'on s'étonne que le Soudan et la Haute-Volta ne produisent pas encore de coton !

Des camions et des rouleaux à vapeur !

Voici mille nègres en file indienne, barda sur la tête, qui s'en vont à la machine ! Au chemin de fer de la Côte d'Ivoire, à Tafiré. Sept cents kilomètres. Les vivres ? On les trouvera en route, s'il plaît à Dieu ! La caravane mettra un mois pour atteindre le chantier. Comme le pas des esclaves est docile ! Des hommes resteront sur le chemin, la soudure sera vite faite ; on resserrera la file.

On pourrait les transporter en camion ; on gagnerait vingt jours, sûrement vingt vies. Acheter des camions ? User des pneus ? Brûler de l'essence ? La caisse de réserve maigrirait ! Le nègre est toujours assez gras !

XV

AU PAYS DU *POUSSI-POUSSI*

OUAGADOUGOU !

Tenez ! je préférerais ne pas vous parler de cette ville. Les hardis bâtisseurs à qui nous la devons ont supposé qu'il y aurait cent mille habitants, un jour, à Ouagadougou. Deux cent mille, peut-être ? Le Français voit petit ? En France, certainement ; en Afrique, il se rattrape.

Ce n'est pas une ville, c'est un champ de manœuvres. On l'imagine très bien en proie à des charges de cavalerie. Les chevaux, d'ailleurs, même coiffés d'un casque, n'arriveraient jamais au bout de l'avenue : ils s'abattraient au milieu, les flancs palpitant comme un soufflet.

C'est là-dedans que vous devez circuler.

Quand je dis que l'on circule à Ouagadougou, je me moque de vous. Trois cents Européens l'habitent, m'a-t-on dit. Où étaient-ils ?

Plus large, plus longue que les Champs-Élysées, une allée coupe en deux la brousse brûlante. De chaque côté, des bâtisses jumelles et noirâtres se répondent. Ce sont des palais… des palais de boue.

L'aspect est à ce point séduisant que l'on doit se retenir pour ne pas crier au secours !

Ici, dans un coin, habite le dernier roi nègre, le Morho Naba, empereur des Mossis.

En 1920, nous avons érigé le pays mossi en colonie indépendante. Nous avons tranché en deux le Haut-Sénégal et le Niger. Ainsi sont nés le Soudan et la Haute-Volta ?

L'amour de l'euphonie ne nous a pas uniquement guidés quand nous avons installé la capitale à Ouagadougou, mais aussi la présence du Morho Naba. Ouagadougou est une ville dans la lune. C'est sur la route de rien du tout. La capitale était marquée d'avance. Elle portait même un nom qui valait l'autre : Bobo-Dioulasso ! Nous avons préféré avoir le nez en l'air !

Reniflons donc. Le temps ne nous manquera pas, nous aurons le jour et la nuit. Ô nuits de Ouagadougou ! Je logeais dans un palais, comme tout le monde, l'un de ces palais en boue toute neuve. Je me serais gardé d'envoyer la photographie de mon domicile à mes amis, ils auraient cru que j'avais fait fortune dans le coton ou le beurre de karité. Ce n'était pas une maison de passage, un caravansérail, pollué, mal tenu, mais la demeure du secrétaire général, pas davantage ! Un voyageur ignorant m'aurait pris pour le second personnage du royaume, peut-être pour le grand eunuque !

Je rentrais pour me coucher. Immédiatement je comprenais ce que pouvait ressentir un poulet de grain que l'on mettait au four. Comme l'éponge boit l'eau, la boue boit la chaleur. Mes murs avaient bu toute la journée. Saturés, ils se dégageaient à l'intérieur de mon domicile. Bah ! disais-je. À Paris aussi il est un hammam ! Et je me couchais dans le kapok. Mais voilà que tout s'agitait entre la boue du plafond et la boue du plancher ; le grand tournoi des chauves-souris commençait. Je les tirais avec mon oreiller, mon traversin, mes souliers. J'en ai cassé des ailes ! Si vous avez besoin d'un chasseur de chauves-souris envoyez-moi vos conditions ; vous ne trouverez pas un spécialiste mieux entraîné ! Il en faudrait moins pour réveiller un homme. Je m'asseyais alors dans une chaise coloniale et je lisais les derniers sans-fil. Vlan ! Des morceaux de plafond me tombaient sur la tête ! On a beau avoir la tête dure, on ne sait jamais, l'épaisseur de votre boîte cranienne est réglementaire, ainsi que dirent un jour les Anglais, en Égypte, au consul d'Italie, à propos d'un de leurs policiers qu'avait assommé un transalpin ! Je me coiffais donc de mon casque. Sous les tropiques, je m'armais contre le soleil de minuit ! Mais là ? Quelle est la chose qui frémit ? C'est mon pantalon ! Il traînait sur le sol, les termites étaient en train d'en faire de la charpie, sans doute pour panser ma blessure ! Je luttais contre les termites. Si vous avez besoin d'un chasseur de termites... Enfin l'on finissait par s'habituer aux chauves-souris, aux termites, au bombardement. L'âme se rassérénait quand, soudain, un cri vous enlevait de votre chaise. C'était l'hyène de chaque nuit. Je sortais sous la véranda, et je lançais : « Je t'ai déjà dit hier qu'il n'y avait ni poule ni cadavre chez moi ; va voir ailleurs ! » Elle s'en allait. Le milicien qui dormait devant ma porte se réveillait. En riant, il me disait : « Crocuta ! » Au début, je croyais qu'il m'insultait. Plus savant que moi, il m'apprenait seulement que c'était l'hyène crocuta.

Ainsi arrivait le matin. Pauvres colons, mes frères.

Le Mossi ! Royaume peu ordinaire. Qui prétendra connaître un pays où les habitants soient plus polis ? Voilà deux indigènes portant une charge lourde et fragile sur la tête ; ils vont se croiser ; soudain, ils se reconnaissent ; chacun dépose immédiatement sa charge au milieu de la rue ; le plus jeune se jette à terre, l'autre l'imite. Face à face, ils frottent leur front dans la poussière, puis les coudes écartés et les pouces en l'air, ils frappent le sol de leurs avant-bras, non par trois fois, comme on a voulu me le faire croire, mais pendant une minute, montre en main ! Ils font *poussi-poussi* !

Et les mariages ? Il en est de toutes les sortes. Il y a le mariage des filles nées chez un naba. Elles sont les propriétés de ce dernier. Enlevées à leurs parents, dès qu'elles peuvent rendre un service, le naba les confie à ses femmes. Ce sont les fiancées du chef, sa petite monnaie, si l'on peut dire, qu'il distribue comme pourboire aux passants sympathiques.

Il y a le mariage de la fille donnée par ses parents, tout comme les fermiers chez nous donnent des poulets à leur propriétaire. Dans toute l'Afrique, la femme n'a d'autre valeur que celle d'un objet. On ne lui reconnaît aucune volonté. Elle est promise dès sa naissance et même avant. Une hospitalité reçue, une dette à rembourser, une soirée où le père a bu trop de dolo (bière de mil) décident de son avenir. À douze ans, elle est envoyée sans autre forme au domicile de celui qui l'a gagnée. Il est parfois plus vieux que le père.

Il y a le mariage par succession. Le chef de famille meurt, ses femmes suivent le sort de ses autres biens. Elles vont à qui vont les vaches. Si ce sont à ses enfants, la mère devient la femme de ses enfants.

Il y a le mariage régulier. Comme chez nous, le fiancé envoie un intermédiaire. La réponse est-elle favorable ? Nous offrons, nous, une bague de fiançailles. Le nègre, lui, apporte une poule, un secco (un store), un fagot de bois. Les visites continuent, il n'envoie pas de fleurs, mais du mil germé. Malheur ! Quand sa promise est l'aînée de la famille, il doit en plus un mouton, une pioche, une pintade...

Il y a les filles condamnées au célibat par ordre de devin. Pour obéir aux dieux, les parents ne la fiancent pas, ils s'entendent avec l'amoureux. La fille, un soir, va au puits, un soir qu'il fait bien noir. L'amoureux et trois de ses camarades les plus forts sont tapis comme des panthères. Dès que paraît la fille, ils lui sautent dessus.

Tant pis s'ils l'assomment ! Ravie, elle est emmenée chez l'homme qui la veut. C'est fini. Les dieux n'ont rien à dire.

Puis il y a la femme nomade, qui va de village en village, demandant l'hospitalité. La bonne nouvelle se répand : une femme libre est chez Untel ! Les jeunes gens accourent avec des cadeaux. Elle désigne le vainqueur.

Les cérémonies accomplies, la femme devient une bête de somme. Elle n'a plus droit qu'aux coups de bâton. Son mari l'envoie taper les routes à sa place. Elle porte le mobilier, tandis que le mâle, sur son cheval, s'en va, casse-tête sur l'épaule et arc en main. Le mari ne lui reconnaît qu'un droit : celui de crier. « La bouche de la femme, dit-il, est son seul carquois. Elle ne possède rien d'autre pour se défendre. » Ce doit être pour cette raison que j'entendais souvent des plaintes ?

Féticheurs, magiciens, sorciers, envoûteurs font une belle carrière dans ce pays. L'homme se composant de trois éléments : du corps, du *sega* (âme) et du *kima* (revenant), vous pouvez penser si les joyeux prestidigitateurs jouent du revenant ! Je l'ai bien vu un après-midi que je voulais me faire conduire chez un nommé Jacob, qui sculptait, paraît-il, de petits sujets tout juste convenables. L'interprète non diplômé me montrait le chemin, mais ne voulait pas m'accompagner. « Je te paierai du dolo, lui disais-je ; viens avec moi, je ne trouverai jamais tout seul la case à Jacob. » Alors il me parla du *kima* de son père. Le sorcier l'avait averti que le revenant de son papa était dans le quartier de Jacob. « N'aie pas peur, insistais-je, moi, je suis un grand guerrier ; si le revenant approche, je l'occis. » Il me dit que le *kima* lui ferait dresser les cheveux sur « son » tête et lui donnerait de grands frissons. « J'ai de la quinine, répondis-je, et j'aplatirai ta tignasse ; viens avec moi. » Il me dit que son père était si méchant, que certainement son revenant lui arracherait son *sega*. « Ce n'est pas ce qui t'empêchera de boire du dolo. Viens donc ! » Il me répondit qu'il pourrait vivre, en effet, plusieurs jours sans son âme ; mais que si son absence se prolongeait, il en mourrait. « Tu sais bien que je dois voir demain le Morho Naba ; je lui dirai qu'il te fasse rendre ton âme si le *kima* te la prend. »

Il sembla convaincu. Pendant deux cents mètres, il m'accompagna. Soudain, il détala, ses cheveux dressés sur la tête. Il m'a dit plus tard que c'était l'effet du *kima*. J'ai supposé que c'était celui du vent de la fuite !

Et les enterrements ?

Un jour, un mort déjà tout raide était debout contre un arbre, les deux pieds dans un canari. Les deux pieds dans le canari m'intriguaient. C'était une coutume lobi. Il paraît que la chaleur animale persiste plus longtemps quand on a les deux pieds dans un canari ! Des membres de la famille émouchaient le macchabée avec des queues de bœuf. Les copains dansaient, les femmes chantaient. On apporta deux poulets, qui poussèrent eux aussi des cris déchirants, vu qu'on leur coupa le cou.

Le sort des poulets me fit réfléchir. Je m'en allais.

Une autre fois je vis un mort, mais couché dans une fosse. C'était un enterrement mossi. Les parents jetaient des cauris sur le cadavre pour lui permettre de s'acheter de l'eau quand il aurait soif et de payer les droits de passage sur la route de l'éternité. Le *laghda* (le fossoyeur) combla la fosse.

Le travail achevé, il prit la parole. D'un mouvement de tête, la famille approuvait le discours.

– Accepte ces cauris, disait-il au mort, ne les gaspille pas. Sois sobre, raisonnable. Que ton *kima* ne rôde pas, qu'il aille rejoindre tout de suite tes ancêtres à Pilimpikou (village où l'on rencontre les parents morts). Tu as assez marché. Surtout ne reviens pas, car ce que tu laisses sur la terre profite à tes héritiers.

Tranquillisés, les héritiers partirent.

XVI

SA MAJESTÉ

UN VENDREDI MATIN. L'allée sans fin, sans ombre et sans merci de Ouagadougou est vide. Elle est vide comme elle l'est un lundi, un mardi, du mercredi au dimanche, non seulement le matin, mais l'après-midi, le soir, la nuit. Fascinée par le soleil, elle dort. Il sera bientôt dix heures. Là-bas, au fond, à quinze cents mètres, une poussière monte de la route, marche au pas, se rapproche. Un groupe compact s'en dégage. On voit des hommes à cheval, d'autres à pied. La vision se précise. Les gens à pied gesticulent comme des épouvantails mécaniques. Ils ne peuvent chasser que les mauvais esprits, puisqu'en dehors d'eux il n'y a personne. Ils crient. Une musique s'échappe d'instruments en fer-blanc. Les peaux de bœuf des tambours résonnent sous des mains nerveuses. Un parapluie domine la cavalcade.

Vendredi ? C'est bien cela, le Morho Naba se rend chez le gouverneur pour lui présenter ses salutations hebdomadaires.

Ses soronés (mignons) courent devant lui. Le Bindi Naba, ministre des musiciens, active l'ardeur des exécutants. Le Ouidi Naba, grand maître de la cavalerie, dirige la monture royale. Ce naba ne manque pas de travail : un grand nègre vêtu comme une autruche fait tant de simagrées que le cheval s'effraie ; c'est le Pouy Naba, chef des féticheurs. En voilà un que je devrais embaucher pour chasser mes chauves-souris ! Chevauchant deux foulées derrière le souverain, vient le Tapsebo Naba, chef de guerre. Il est en selle sur une peau de panthère. Quatre galopins l'entourent de quatre lances. Mais pourquoi un chien le suit-il aussi docilement ? La pauvre bête est attachée à la queue de son cheval ! Elle doit représenter la curée. Précédant le grouillant cortège, le Ouagadougou Naba, préfet de police, œil de faucon.

Sa Majesté est sous le parapluie, un parapluie de coton dont deux baleines transpercent le dôme. Elle s'appelle Naba Kôm, « chef de l'eau », et Elle craint la pluie ! À vue d'œil, Elle pèse plus que son cheval. On dirait Sancho Pança noirci par le soleil et cherchant son patron parti pour délivrer le nègre. Fier est son regard.

Voilà le Nemdo Naba, chef de la viande ; le Larallé Naba, chargé de choisir les victimes destinées aux sépultures royales. Je me cache derrière un manguier. Le Ouedranga Naba, écuyer personnel.

La cour est passée. La poussière retombe. Qui vient, piquant un brillant cent mètres ? Encore un qui n'était pas prêt au moment du départ ! Comme il court ! Rien ne le gêne, pardi ! en dehors de son boubou. C'est le Kamoro Naba, le grand eunuque. Le feu est-il au harem ?

Naba Kôm n'est pas un roitelet. C'est le dernier empereur d'Afrique. Sur trois millions d'habitants au pays mossi, quinze cent mille le suivraient. L'étiquette de sa cour est rigoureuse. Le matin, à sept heures, un coup de fusil ; le Morho Naba se réveille. S'il ouvre l'œil plus tôt, tant pis pour lui, il restera couché. Soronés, femmes et nabas accourent. Tam-tam. En musique, il revêt une robe rouge et, prestement, quitte le palais. Le Ouedranga Naba, son écuyer, tient un cheval par la bride, tout sellé. Sa Majesté se précipite sur la bête en criant : « Je veux aller à Lâ ! Je veux aller à Lâ ! » Sa première femme, la Pugtiema, lui tend une corbeille, son ravitaillement jusqu'à Lâ. Mais le Kansoro Naba s'approche (je ne saurais vous dire ce que fait ce naba, je l'ai oublié, vous me pardonnerez ; mais je crois qu'il n'a pas d'autre emploi), s'approche et dit :

– Sire, ordonne qu'on desselle ton cheval ; tu t'en iras demain.

Aller à Lâ veut dire partir en guerre contre le Morho Naba d'Ouhahigouya, son éternel ennemi. Naba Kôm lâche la bride, fronce les sourcils. La cour s'aplatit. Il frappe deux fois du pied, fait sauter d'un poing puissant la corbeille de la Pugtiema, et, violemment courroucé, maudissant les lâches qui l'empêchent d'accomplir son devoir, il rentre précipitamment dans son palais.

Ses soronés le suivent. Ce sont de jeunes garçons, de huit à quinze ans, choisis parmi les plus jolis. Ils ont, entre autres tâches, celles de lui verser à boire, de déplacer son coussin, sa natte, de porter son parapluie (ils pourraient bien le recouvrir), son sabre, de tenir les étriers, de précéder les visiteurs, et, les plus jeunes, de coucher au palais. Coiffés comme les femmes, ils portent comme elles aux poignets et aux chevilles les mêmes gros bracelets de cuivre. Défense leur est faite de fréquenter les femmes. Chaque année, le Pouy Naba, le chef sorcier, leur impose, ainsi qu'aux femmes, l'épreuve de la calebasse. Suivant la manière dont le visage se reflète dans l'eau, femmes et soronés sont déclarés innocents ou coupables. Les volages sont mis à mort. Nous interdisons cette épreuve, mais sommes-nous toujours là ?

Sorонés et musiciens ne quittent pas Sa Majesté. Ils sont, jour et nuit, attentifs à ses gestes. Personne ne parle. On ne doit élever la voix en présence du roi. Profondément inclinés, tous reçoivent ses ordres. Si le roi boit, les soronés se frottent bruyamment les mains, et la musique joue. S'il tousse, s'il se mouche, s'il éternue, s'il crache, si son estomac, remontant jusqu'à sa gorge, exprime le contentement d'un trop bon dîner, les soronés font claquer leurs doigts et les violons l'accompagnent !

Ainsi jusqu'au soir... Au coucher du soleil apparaît le Baloum Naba, grand intendant, porteur d'une calebasse. Incliné devant la porte du palais, il vient offrir une libation d'eau au gri-gri royal. Puis il allume le feu de la nuit.

Trois heures moins le quart. Xavier, l'interprète, n'est pas là. Pourvu qu'il n'ait pas rencontré le revenant de son père ? Le Morho Naba m'attend. Il a fait acheter du dolo au marché, en mon honneur. Xavier n'est pas là. Trois heures. Je pars seul.

Mettre les colonies en valeur ? Je le veux bien ; mais, en certains endroits, il faudrait commencer par le commencement. Ici, par exemple, on ne fera rien, tant qu'on n'aura pas dit au soleil : « Écoute, cela ne peut durer ; tu brûles la terre, tu pompes la matière cérébrale des hommes, tu empêches les chiens d'aboyer... Approche un peu, on va te mettre en valeur ! » Un projet de loi sur la mise en valeur du soleil en Afrique s'impose. C'est mon opinion en me rendant à pied chez le Morho Naba !

Je vais être en retard. Je lui raconterais bien un mensonge pour m'excuser ; mais voyez-vous qu'il me fasse subir l'épreuve de la calebasse ? Xavier, tu n'es pas sérieux ! Tu as pourtant été élevé chez les missionnaires ; tu es catholique. Il est vrai que tu vas aussi chez le féticheur. Comment veux-tu être à l'heure ?

Le palais est en vue : une grande bâtisse en boue que nous avons fait construire pour le souverain. J'y vois grouiller un monde fou. Ces gens-là ne vont rien comprendre à mon discours.

J'arrive. Je franchis courageusement la porte. Deux commensaux se jettent ventre à terre et me font *poussi-poussi.* J'hésite à leur rendre la politesse. Il faut une longue habitude pour frapper convenablement ses avant-bras contre le sol, les pouces en l'air ! Je lève toujours mes pouces ; peut-être comprendront-ils l'intention ? Je marche jusqu'au grand perron. Mais voici l'autre, le chef sorcier, celui qui me fait peur avec ses plumes ! Je ne veux pas le saluer, j'abaisse mes pouces. Cela ne le fâche pas ; il joue au coq devant moi. Je foule la première marche. Mon pied a-t-il touché une sonnette ? Aussitôt la cour sort en masse, roi en tête, et s'aligne sur la cinquième marche. Me voilà joli ! Heureusement les musiciens entament le tam-tam. Je vais droit au roi. Je fourre ma main dans la sienne. Je lui dis : « Ton père va bien ? Ta mère va bien ? Ton cheval va bien ? » Peut-être me répond-il : « Et ta sœur ? Elle va bien ? » Il faut entrer dans la salle du trône.

Naba Kôm est revêtu d'une lévite de velours lie-de-vin lamée, pailletée et fleurie. Il a, pour le moins, huit kilos sur ses épaules. Il doit me bénir ! Ses cuisses sont sûrement énormes ; il marche comme un éléphant. Son trône est surélevé. Il le gagne, s'assied. Les soronés l'entourent ; les musiciens prennent place. Le Baloum Naba me fait mettre sur une chaise en contrebas. Nous sommes maintenant face à face. On se regarde. Nous avons l'air intelligent !

Sans plus m'occuper de Sa Majesté, je passe l'inspection de la salle du trône. Elle est décorée de quatre vieilles photographies de journal. On y voit le général Dodds entrant à Abomey, la dégradation de Dreyfus, le pillage du Palais d'Été à Pékin, le meurtre de Sadi Carnot. De l'autre côté, une chauve-souris mise en croix contre le mur. En voilà un qui sait parler aux chauves-souris !

Soudain, le roi lâche un bruit. La musique joue, les soronés font claquer leurs doigts. Je lance au souverain un œil sévère. Il n'en a cure. Il tapote sa robe de velours tout en pensant : « Va-t-il bientôt s'en aller, cet abruti-là ? »

Il convient que je lui dise quelque chose :

– Le dolo est-il bon cette année, sire ?

Il remue dans son fauteuil d'osier, ce qui provoque un nouveau bruit. Aussitôt un coup de balafon !

Suant, les flancs coupés, à bout de souffle, voilà Xavier.

– Regarde dans quelle situation tu me mets, lui dis-je.

Il était déjà le front dans la poussière, battant des avant-bras comme un poulet des ailes.

– Tu as encore rencontré le revenant de papa ? Ah ! tu fais un joli coco ! Tu traînais dans le marché, n'est-ce pas ? Quand te mettras-tu dans la tête qu'il faut regarder l'heure à ta montre ? Tu ne consultes jamais les aiguilles, mais le boîtier, sous prétexte qu'il est plus brillant. Deviens raisonnable, voyons ! tu as déjà un casque, des lunettes…

Le roi tapotait de plus en plus sa robe.

– C'est vrai ! dis-je. Nous sommes là à traiter nos petites affaires… Dis au roi que je le remercie et qu'il est un chic type.

Le chef de l'eau parut content. Il grogna aimablement. Un coup de balafon !

– Qu'il fait chaud ! m'écriai-je.

– Quittez votre veste, me dit Xavier.

– Es-tu fou ? Chez le roi ?

Cela se faisait, paraît-il. J'enlevai ma veste.

Depuis un moment, le Binda Naba, assis devant

un tambour, promenait son pouce sur la peau de bœuf, et cela rappelait le bruit du passage d'un autobus.

– Pourquoi fait-il cela, Xavier ?

– Il imite le rugissement du lion.

– Est-ce pour me faire partir ?

– C'est pour te faire honneur.

– Demande au roi s'il voudrait venir à l'exposition coloniale à Paris.

– Il dit qu'il n'a pas le droit de quitter ses États, mais que l'année dernière il est allé à Dakar et qu'il a plu tout de même et que, par conséquent, il irait bien à Paris

– Dis-lui qu'il est un grand psychologue.

Xavier traduisit. Le Morho Naba parut moins souriant.

– Que lui as-tu dit ? Il n'a pas l'air content.

– Je ne pouvais traduire psychologue ; je lui ai dit : « Tu es un gros roublard ! »

Sa Majesté fit un signe. Les courtisans, vautrés à ses pieds, se levèrent. Je crus qu'Elle était fâchée. Elle commandait seulement le dolo. Deux soronés, ses mignons favoris, apparurent verres en main. Le roi prit le sien, je pris le mien. Le verre venait à peine de toucher les lèvres royales qu'une musique triomphante emplit l'air. Il abaissa le verre. La musique se tut. Alors je voulus aussi avoir mon triomphe. Je bus. Silence. Je rebus. Pas de tambour, pas de claquements de doigts, pas de balafon ! Je bus tout, jusqu'à la mouche qui était au fond ! Cela ne les toucha pas. Pas le moindre petit souffle de fifrelin. Ces gens ne savent pas honorer le courage !

– Eh bien ! dis-lui que je m'en vais !

Cette fois Xavier s'exprima en français. Ce qu'il allait dire, tous les nègres, du haut en bas, pouvaient le comprendre :

– Sire ! le Blanc f… son camp !

Je vis alors la face royale qui souriait.

XVII

Ô BLANCS MES FRÈRES !

LE BLANC ?

L'Afrique muette n'est qu'un terrain de football. Deux équipes, toujours les mêmes, blanches toutes deux.

L'une porte les couleurs de l'administration.

L'autre les couleurs de l'homme d'affaires.

Le nègre fait le ballon.

La lutte autour du ballon est farouche.

Le Blanc de l'administration protège le nègre contre le Blanc des affaires, mais en use pour son propre compte.

Le Blanc des affaires accuse le Blanc de l'administration de faire justement avec le nègre tout ce qu'il est interdit aux autres de faire.

L'administrateur traite le commerçant de margouillat.

Le margouillat est un petit lézard qui a des ventouses aux pattes, meurt constamment de faim et happe au vol tous les moustiques d'alentour.

Le commerçant dit de l'administrateur qu'il est Denys l'Ancien, tyran de Syracuse.

L'administrateur dit que, sans lui, le commerçant dépouillerait le nègre. Le commerçant répond que si l'administrateur lui défend de dépouiller le nègre, c'est qu'il s'en charge lui-même.

J'arrivais à Bobo-Dioulasso. Ce n'était pas une petite résidence campée dans la brousse. Bobo-Dioulasso est un carrefour de l'Afrique nouant le Soudan, la Haute-Volta et la Côte d'Ivoire. Vieux réduit nègre, où dans un étonnant quartier les rues ne sont pas devant les maisons, mais à l'intérieur. Elles passent de la cuisine de l'un à la case à coucher de l'autre. Les gens ne seraient chez eux qu'à leur fenêtre s'il y avait des fenêtres ! Cette conception urbaine est magnifique. Les époux n'ont plus à se poser la triste question : Est-ce que l'on sort ? Est-ce que l'on rentre ?

On est à la fois sorti et rentré, dehors et chez soi, et quoique l'on passe toutes ses nuits sur la voie publique, on ne découche jamais !

Le sang bouillant d'une juste indignation, l'apostrophe aux lèvres, le cœur en pleurs, je regardais, furibond, les femmes à plateaux. Plutôt, ce n'étaient pas des plateaux. Un gros morceau de quartz bouchant un trou déformait la lèvre inférieure. Le quartz enlevé, on voyait soit la langue, soit la salive glisser par l'orifice. C'était dégoûtant. Un peu d'esthétique, messieurs les Gouverneurs ! Une femme est une femme, que diable ! Nous respectons leurs coutumes, dites vous ? Ouiche ! Tant qu'elles ne nous gênent pas. Nous en avons fait bien d'autres ! Nous leur interdisons de donner leurs captives au caïman, sous prétexte qu'il est sacré, et de tuer les serviteurs pour tenir compagnie au cher mort, alors pourquoi les autoriser à changer leurs femmes en canards ?

J'étais donc dans ce fameux Bobo-Dioulasso, lorsque quatre Blancs se jetèrent sur moi. L'administrateur m'accompagnait ; ils m'en séparèrent et me dirent : « Nous voulons vous parler... Vous permettez ? » firent-ils, par-dessus mon épaule, à l'officiel. L'autre leva les deux mains, en signe de complet désintéressement. « Nous sommes délégués par les commerçants de Bobo », firent mes agresseurs.

Je leur donnai rendez-vous pour cinq heures.

– Alors, dis-je au commandant, ici, c'est comme partout, vous vous mangez le foie ?

Le foie et le nez. Ils s'entre-dévoraient. L'administrateur se reprochait de n'avoir pas une prison assez grande pour loger certains commerçants selon leur mérite.

– Vous êtes comme votre collègue de Houndé, qui demande un dompteur à la place d'un gouverneur. Faites-vous aussi flotter sur votre résidence le drapeau noir à tête de mort ?

Hier, à Houndé, j'avais vu cet emblème battre à la porte de la Maison de France. C'était le fameux drapeau des Frères de la côte. Il faut savoir que l'on désigne, par là, les épaves, les aventuriers, les nomades, tous les hommes avec tache, roulés par l'écume jusqu'aux rives chaudes d'Afrique. L'administrateur entendait ainsi honorer ses compatriotes. Ce représentant de l'autorité était d'ailleurs un phénomène. La veille de mon départ, n'avait-il pas envoyé au gouverneur le télégramme suivant :

> *« Monsieur le gouverneur, je suis l'homme le plus malade que l'on ait jamais vu. Ce matin, au marché au coton, je me pèse sur la bascule d'un commerçant. Il était dix heures, la bascule accusa soixante-quinze kilos. Une heure après, je reviens, je monte sur la même bascule. Horreur ! je ne pesais plus que cinquante kilos. La perte de vingt-cinq kilos en une heure me semble un fait suffisant pour solliciter de votre haute bienveillance un congé de convalescence ! »*

Ah ! brillant Huchart, Huchart de la mort, comme on vous appelle, grâces vous soient rendues : la fantaisie n'est pas tout à fait morte aux colonies !

Cinq heures. J'arrive au rendez-vous. Dans une cour, devant une maison neuve, dix-huit Français, en pique-bœufs, c'est-à-dire ayant revêtu chacun un costume blanc et empesé.

Quels hommes sont-ils ?

Ni des paresseux ni des timides. Du sang de poulet ne coule pas dans leurs veines. Ils ont plus de sang chaud que de sang-froid. Ce sont des hommes qui ont traversé les mers pour faire fortune.

Les uns l'ont déjà faite, ils l'ont perdue, ils la cherchent. Les autres sont en plein dans le jeu : pile ou face ? Voici les jeunes gens en « consommation », fils de famille qui tutoyaient le patrimoine, et que les parents, pour dressage, envoyèrent au pays de la vache enragée. Belle dentition ! Beaux carnivores !... Tous d'attaque.

Les commerçants me font l'honneur de la maison. Le champagne du voyageur rafraîchit dans les seaux. Les sièges sont préparés. On prend place.

L'un avance sa chaise et dit :

– Je suis Prêtefort. On m'appelle Gueulefort ; tout le monde ne peut parler à la fois. Je vais parler pour tous. D'abord, comment allez-vous ? Si vous êtes malade, on vous soignera. Nous, nous allons tantôt bien, tantôt mal ; mais nous allons toujours.

Savez-vous où vous êtes ? En plein Moyen Âge. Si vous vous mettez mal avec nous, et que votre tête ne revienne pas à l'administrateur, vous n'aurez qu'à coucher dehors et à manger des fourmis ailées. Les chefs indigènes pour les nègres, les chefs européens pour les Blancs règnent du haut d'un château fort. Cela ne va pas. Le recrutement pour l'armée dépeuple nos colonies. On ne compte plus les villages désertés. Notre main-d'œuvre effrayée fuit chez les Anglais. Quand les tirailleurs partent, ils sont doux et naïfs ; ils sont des voyous à leur retour. On fait voter les nègres. Je vous parie quatre pointes d'éléphant contre un pintadeau que bientôt le Soudan, la Côte d'Ivoire et le reste enverront chacun un député devant la Seine. Ce jour-là, les Français de la côte pourront filer à la nage, et nous pourrons, nous, nous enterrer dans une termitière. Au lieu de faire des mécaniciens, des forgerons, des menuisiers, nous confectionnons des *Akaouès*, des intellectuels qui, croyant mort le roi de France, prennent la République pour sa veuve et appellent messieurs, les Phares de la Bastille ! Nos lois, qui déjà ne nous vont pas bien, vont tout à fait mal au nègre. La magistrature coloniale, si honteusement payée qu'elle est forcée de se nourrir d'épluchures de bananes à cochon, est devenue le fief des métis et des purs Noirs. Les séances au Palais de Justice sont des représentations de grand cirque... Nos enfants y vont pour rigoler et pleurent quand nous les en privons...

L'orateur, à ce moment, fut arrêté dans son agréable discours.

– Parlez de nos affaires, lui cria un collègue.

– J'y viens : nos façons d'envisager le problème économique sont opposées aux idées officielles. En un mot, le fonctionnaire considère le commerçant comme un voleur.

– Comme un intrus, un aventurier, lance un autre.

– Non ! dis-je. Comme un affamé seulement, un margouillat, tout au plus. Votre rêve d'ailleurs se lit sur votre visage, il n'est pas honteux, vous voulez faire fortune.

– Oui ! répondirent-ils tous.

– Mais en deux ans et sur la peau du nègre.

– Ô malheureux monsieur ! Quatorze années que je traîne fièvres, bilieuses, tiques, cro-cro, du poto-poto, de la Côte d'Ivoire aux termitières du Soudan. Quatorze années...

Il fut encore interrompu. L'un des dix-huit se leva.

– En deux ans, dites-vous, et pourquoi pas ?

– Tais-toi ! lui dit un camarade. Tu me fais peur, cache tes dents. Nous ne sommes pas ici pour faire de l'art, c'est entendu, ni pour aider le nègre à gagner le paradis. Toutefois, chacun de nous est un honnête homme. Et voilà, moi, ce que j'ai à vous dire : l'administrateur veut bien profiter du nègre, mais il ne veut pas que nous en profitions. Il dit : « Là, vous paierez le coton quatre-vingt-dix centimes, là deux francs quarante. »

– Mais, dis-je, où vous payez le coton dix-huit sous, le nègre le vendrait deux francs cinquante à ses concitoyens ; où vous le payez deux francs quarante, le tisserand local l'achèterait quatre francs cinquante. Vous savez bien qu'on force le nègre à faire du coton et à vous le vendre, et qu'en fin de compte il n'en retire guère que des coups de manigolo. Si le prix n'était pas fixé, vous achèteriez le coton à la chicotte. Cela s'est vu, hein ? et même se voit encore. Et vous avez le coup de la bascule.

Ils rirent tous.

– Le coup de la bascule ? C'est notre réponse au prix fixé. Quatre-vingt-dix centimes ? Va pour dix-huit sous ! Mais l'état du marché en France nous commande de l'acheter à quatorze sous. La bascule fait le juge de paix.

– Voyons, leur dis-je, et le nègre ?

– Le nègre ? Que l'administration commence. Pour elle, le nègre n'est jamais fatigué. Il traversera le pays à pied, il maigrira sur les routes, il crèvera à la *machine*. Pour nous, tout juste si elle ne nous demande pas de le transporter dans un hamac ! Elle le spolie à coups de réquisitions. Vous le savez bien... L'administration dépouille l'indigène ; mais comme l'indigène doit avoir de l'argent pour payer ses impôts, elle nous permet de lui acheter ce qu'elle ne prend pas. Est-ce vrai ? Oui ou non ?

Un silencieux se révéla. Debout, le geste accusateur :

– Oui ! qu'elle commence ! cria-t-il. Sur quel texte de loi s'appuie-t-elle pour payer ses poulets avec des poignées de cauris, ce qui fait tout de suite dix sous, alors que pour nous c'est dix francs ; pour réquisitionner le beurre, le lait, les peaux de serpents et les peaux de panthère ? Essayez d'acheter une peau de panthère ! Offrez-en deux cents francs, le chasseur vous la refusera, il ira la porter au commandant, qui lui donnera vingt francs, et le bougre sera content.

– L'administrateur n'est pas assez payé, dis-je. Ses collègues anglais et belges touchent quatre fois plus, vous ne pouvez lui reprocher de conduire sa maison avec économie.

– Si la République leur permet de faire des économies sur le nègre, qu'elle ne nous empêche pas, nous, de faire des affaires.

– Eh ! dis-je, le nègre n'est déjà pas si gras ; si vous vous y mettez à deux, il sera bientôt plat comme une punaise !

On but une coupe de champagne puis Prêtefort dit Gueulefort s'écria :

– Savez-vous ce que m'a fait l'administrateur avant-hier ? Il a fait battre tam-tam trois heures de suite, sous les fenêtres de ma femme mourante. Eh bien ! savez-vous ce que je vais faire, moi ? Il n'est pas le seul à posséder des nègres à sa dévotion, je vais le faire empoigner par mes Kroumen, ficeler, et je l'enverrai à Ouagadougou, avec une pancarte sur le ventre où, à son arrivée, le gouverneur pourra lire :

« Nous ne pouvons rien en faire, peut-être pourrez-vous en tirer quelque chose. »

Ainsi !

Ô Blancs ! mes frères !

XVIII

FAITS DIVERS

DÉJEUNER à Houndé, dans la Maison de France. Halte au milieu de la brousse. C'est calme. Là, voici deux mois, l'homme blanc et la femme blanche, hôtes de ce lieu solitaire, se sont tués pour se tuer. Ni jalousie, ni perte de l'honneur, ni souffrance à apaiser, aucun mobile. Seulement l'appel de la plus amère des terres. Obéissant tous deux à la voix que l'Afrique, de temps en temps, prend pour enjoler le Blanc, la femme s'est couchée dans le seul but de se faire tuer, l'homme a tué et puis s'est tué. Le boy dit qu'au matin il a trouvé commandant et madame commandant beaucoup, beaucoup malades. Ils étaient morts depuis six heures. L'hyène avait beaucoup parlé cette nuit-là !

Dîner à Banfora. Ici, en cette résidence, le drame ne date plus que de trois semaines. Le commandant dormait sous sa moustiquaire. Il était une heure du matin. Le poignard d'un nègre traversa d'un seul coup la moustiquaire et la poitrine du commandant.

Vengeance d'un chef qui délégua son estafier. Un Noir est en prison, mais est-ce le bon ?

Les palmes de la palmeraie se balancent doucement.

XIX
MARCHÉ AU COTON

VOICI BOUAKÉ. Nous sommes en Côte d'Ivoire. Tout un village, sacs sur la tête, enfants dans le dos, est en marche vers le marché au coton.

D'où vient-il ? Je ne sais. Comment a-t-il pris son pied-la-route. Voici : le commandant de Bouaké lui a envoyé un tirailleur.

– Allez ! Allez ! Grouillez, tas de sauvages ! (Vous entendez bien que le tirailleur est un Noir comme les autres, mais il parle au nom de l'autorité.) Dix tonnes coton pour marché Bouaké ! Quatre jours pour ramasser lui ; deux jours pour porter lui, grouillez, *fanants* (fainéants) !

Là-dessus, faisant siffler le manigolo, le tirailleur

alla s'installer dans la case du chef. Il demanda la plus belle mousso, puis à boire et à manger. Fort d'une autorité qui le fait l'égal des anciens rois nègres, il confond dans son cerveau les pouvoirs qu'il représente avec ceux qu'il se donne. Il but, mangea, viola, changea de femme. Ces simples arborent si crûment leur majesté sur leur visage que plusieurs jours après on en rigole encore. J'en ai vu un, les deux jambes en équerre, debout et immobile et qui parlait d'une voix tonitruante au milieu d'un village, alors qu'il n'y avait plus un chat autour de lui. « Plus vite… Courir… Service-service !… » disait-il.

– À qui t'adresses-tu ?

Il fit claquer ses rotules et répondit avec une gravité profonde :

– Ordre de ma commandante !

Aujourd'hui, les porteurs de coton se hâtent vers Bouaké. Ils vont d'un pas consentant. Écrasés sous la charge, ils vous sourient. Le tirailleur fait le chien de berger. L'homme, la mousso, l'enfant, tout le monde est de corvée. Ils ne reverront plus leur case de quatre jours, mais ils vont contempler la face du commandant ! Ceux qui apporteront du mauvais coton attraperont, comme de juste, quelques jours de boîte. Ils se dépêchent !

La ville est atteinte. Ils s'engouffrent dans la cour de la résidence, déposent leurs sacs, les ouvrent et se rangent. Le tirailleur admire son œuvre et, d'un pas officiel, gagne le bureau du dieu de la brousse. Il se fige dans le cadre de la porte et, la main à la chéchia, lance d'une voix de tonnerre :

– Commandante ! Le coton il est aboulé !

Alors commence la cérémonie de la réception. Le commandant sort ; il fouille chaque sac.

– *Atakoué !* dit-il. *Atakoué !* C'est bien ! C'est bien ! Va peser.

Les heureux se dirigent vers la bascule *contrôlée.*

– Va trier ! dit-il à celui-là sur un ton courroucé.

L'homme se retire, vide son sac et sépare le bon du mauvais.

– À la boîte ! s'écrie soudain le commandant. À la boîte ! dit-il aussi au suivant.

Le coton de ces deux-là n'est pas joli, ils s'en vont à la boîte *tout seuls.* Comprennent-ils que cela leur est dû ?

À la bascule on fait les comptes. Aujourd'hui, le coton se vendra deux francs quarante. L'écrivain trace sur un petit papier : vingt-six kilos à deux francs quarante = soixante-deux francs quarante. C'est la somme que devra leur verser l'acheteur. La confiance règne !

Le tirailleur se tient au milieu de la cour, semblant attendre quelque chose.

– Sanna ! lui dit le commandant, tu as bien travaillé ; tu auras cinquante francs de gratification.

Les cinquante francs doivent lui faire plaisir, mais c'est surtout l'honneur qui transporte subitement Sanna. Son cœur lui monte au visage et ses deux joues battent.

– Merci, commandante ! hurle-t-il. Merci ! Merci ! Merci ! Merci !

Maintenant les nègres partent pour la ville vendre leur affaire. Dans l'allée des Margouillats, les commerçants sont devant leurs comptoirs. Ils ont la mine ironique. Ils semblent dire : « Vous voyez comme l'administration traite les Blancs ? » Ils n'ont pas le droit de pister. Le commis noir qui courrait après le vendeur irait à la boîte. Mais il leur est permis d'appeler.

– Hep ! Hep ! Viens par ici ! Soixante-deux francs quarante ? fait un Blanc. Je te donne soixante-quatre francs. Vends-moi ton sac.

Le nègre fuit. Il veut soixante-deux quarante et non pas soixante-quatre.

Est-il, sur terre, meilleur animal ?

XX
COUPEURS DE BOIS

J'ALLAIS chez les coupeurs de bois. La forêt de la Côte d'Ivoire était encore plus bas. Mais le recrutement de la main-d'œuvre se maquignonnait par ici. Pour le chemin de fer et les travaux d'État, le recrutement est officiel ; il n'est que toléré pour les coupeurs de bois. C'est l'un des drames de l'Afrique.

– Ce rôle me crève le cœur, me dit un commandant.

(Les administrateurs sont divisés : ceux qui veulent bien aider au recrutement des coupeurs et ceux qui s'y opposent.)

– Moi je suis contre. Cette année, malgré les ordres, je n'ai donné aucun homme pour la forêt.

C'est l'esclavage, ni plus ni moins. Je refuse de faire le négrier.

Comment la chose se passe-t-elle donc ?

Simplement. Le gouverneur de la colonie prévient par télégraphe l'administrateur du Cercle que M. Chêne, coupeur de bois, est autorisé à recruter chez lui trois cents hommes. M. Chêne arrive.

Si l'administrateur n'a pas d'idées personnelles sur la question, il dit à son interprète :

– Va dans les villages et dis aux chefs qu'il me faut trois cents hommes.

L'interprète part et fait la commission. Il n'en dit pas plus, mais les chefs « connaissent manière ». Ils savent que si le commandant n'a pas ses trois cents hommes, eux iront à la boîte. Alors ils les donnent – des captifs, bien entendu.

L'administrateur est-il rébarbatif ? Cela provoque des scènes tragiques dans des résidences de brousse.

– Je vous ferai déplacer ! crie le coupeur.

– Sortez de chez moi ! répond le commandant.

J'assistai à l'une de ces rencontres. Un chef noir était présent.

– Écoute, ma commandante, disait-il, le 1er janvier, j'ai payé ton impôt. Tu m'as dit : « Plante du cacao. » J'ai planté du cacao. Tu vois qu'on t'obéit. Si tu me dis : « Envoie des hommes tirer les billes pour monsieur le coupeur de bois », je t'enverrai les hommes, parce que je sais que tu peux me faire du mal. Mais les hommes y en a criver.

– Je ne te commande rien, fit le commandant, tu entends bien : rien.

– Alors mes billes vont pourrir ? Vous êtes témoin, monsieur, de la façon dont on aide les colons.

– On pourrait peut-être remplacer les hommes par des tracteurs ? dis-je.

– C'est vous qui me donnerez l'argent pour acheter les tracteurs ?

La France est riche. Les colonies sont riches, mais nous n'avons pas la mentalité que l'époque nous commanderait d'avoir. Les capitaux se défient des affaires coloniales et le Français, dans ses plus riches mines d'or, travaille encore à la petite semaine ! L'Anglais a tout, les Belges ont tout ; nous n'avons, nous, que le moteur à foutou (le nègre) !

Alors, que voit-on ? On voit la foire aux hommes à Bouaké. C'est assez pittoresque. Des malins, au courant des difficultés des coupeurs de bois, montent recruter par tous les moyens en Haute-Volta, dans le *réservoir*. Connaissant le prix du temps, ils descendent leur marchandise en camions et cèdent les captifs à deux cents francs la tête aux entrepreneurs embarrassés.

Mais il n'y a plus de négriers !

Le coupeur de bois ?

Bientôt les romanciers le dévoreront. Les

légendes qui nimbèrent le chercheur d'or attendent le coupeur de bois. Sans lui, l'Afrique serait plus plate ; il est son relief.

Il ne faut pas voir le coupeur à Grand-Bassam. Là, sa gloire n'a d'autre répondant que son compte en banque. Dépouillé de son auréole, il ne brille plus que par ses escarpins vernis. Ces escarpins, il les porte même quand il devrait avoir des bottes de sept lieues. Vous vous imaginez difficilement la sensation que peut produire la vue de deux escarpins vernis s'agitant en pleine brousse sous une voiture renversée. Ainsi, cependant, cet après-midi, ai-je rencontré M. Pujol en tournée de recrutement. Heureusement, il en faut de plus rudes pour tuer un coupeur de bois. M. Pujol allait encore très bien.

Ces hommes, tarabustés par le démon de la fortune, vivant dans un mirage de millions, profilent leur audacieuse silhouette sur un autre champ d'exploits. C'est ici. C'est la forêt.

Si le Noir y souffre, le Blanc aussi. La vie de chef de chantier est une terrible aventure.

Les forêts de la Côte d'Ivoire ne sont pas des buts de promenade, mais des lieux grandioses et sournois où de la décomposition des feuilles s'élève le parfum de la mort. Comme le nègre, le Blanc vit là dans le poto-poto, seul de sa race et souvent flottant dans sa marche. S'il mourait, il devrait s'enterrer lui-même. Les jours de fête, quand il délaisse les conserves, il se régale d'une cervelle de singe. Il lui vient même des idées bizarres. Ainsi l'un d'eux ne crut pas manquer à la bienséance en écrivant le plus sérieusement du monde à la sainte religieuse, directrice de l'orphelinat de Grand-Bassam, pour la prier de lui choisir elle-même une compagne, la plus jolie, parmi ses pensionnaires !

Ces jeunes hommes, à qui la force peut finir par manquer mais l'estomac jamais, ne quittent pas la chicotte. Vous les voyez, dans un sursaut de conscience professionnelle, se lever du tronc où, épuisés, ils sont assis et courir rageusement après les déserteurs. Ils ne les rattrapent pas tous. Dix mille nègres, ayant fui le tirage des billes, vivent en effet hors des villages, de la vie des singes rouges, entre Dimbokro et Abidjan. Les soirs, un par un, les captifs de la forêt reviennent du chantier au campement, le chef aussi. Triste retour et du Blanc harassé et des Noirs défaits. Pas un bruit, rien d'autre que le cri rauque du turaco bleu, un oiseau qui parle avec une voix d'outre-tombe. Alors, le jeune homme de France rentre sous sa toiture de feuilles de bananier. Il monte ses bouteilles d'apéritif sur sa table, et peut-être chante-t-il tous les soirs la chanson de celui-ci, surpris dans sa solitude :

Coupeur de bois,
Qu'entends-tu dans la forêt noire ?
– Je n'entends pas les violons
Comme les heureux de la vie,
Mais dans mon bois j'entends l'écho
De la voix de mon chef Bêté
Tirant sa bille d'Iroko !...

XXI
LA FORÊT QUI PARLE

LA FORÊT ! Le terrifiant royaume des coupeurs de bois !

J'ai quitté Abidjan à la recherche d'un chantier. On ne respire pas tout à fait à son aise dans cette Côte d'Ivoire. On dirait que l'on est sous une cloche, comme si les hommes demandaient à mûrir !

C'est beau, la forêt ; c'est beau vu de la route...

Entre Abidjan et Dabou, je trouverai mon affaire. Mais je ne suis pas du pays, je tâtonne. Des poteaux, en bordure, annoncent : « Tiama 57 ». Plus loin : « Mouchibanaye 80 ». Ma carte ne porte ni Tiama ni Mouchibanaye. Ce n'est qu'en lisant : « Acajou 47 », que j'ai compris qu'il s'agissait d'arbres et non de villes Ce n'était là que le bristol des prospecteurs.

Où est le chantier ? Aucune amorce de Decauville. Je ne puis me lancer au hasard sur les pistes ; je m'égarerais, m'endormirais, et les fourmis manians, qui ne sont pas difficiles, me mangeraient !

Les nègres que je rencontre, je les arrête. Je fais appel à mon langage international : imitant l'homme qui abat un arbre, celui qui tire les billes. Tous comprennent ; cependant, ils viennent du fin fond de la Côte d'Ivoire ; eux aussi ne sont pas d'ici.

Je descends de voiture. J'essaie un sentier. Erreur ! les feuilles ne sont pas foulées.

Enfin, voici un chef noir. On reconnaît un chef à ses boubous, mais plus sûrement à sa bonne santé et à ses kilos. Celui-là pèse dans les cent dix ; c'est un grand chef. Il va vers Abidjan, suivi de deux serviteurs. Je mime mon discours.

– Hommes à bois ? fait-il, hommes à mourir ?

Il m'indique que c'est plus haut.

En effet.

Voici les rails d'un Decauville. Je les suis. La forêt ne vous donne pas le vertige, ou celui qu'elle procure est le contraire de l'autre : loin de vous attirer, elle vous repousse. On n'avance pas d'un air dégagé et consentant. Si l'on n'écoutait que son instinct, on ferait marche en arrière. Alors que l'on a parcouru cent mètres, on croit avoir abattu un long chemin. Dire qu'il est des intrépides qui vont, en partie de plaisir, déjeuner dans les grands bois ! Il est vrai que cela se passe en France. Ici l'on ne se sent pas bien.

C'est la pénombre.

Hache sur l'épaule, un homme nu descend vers la route. Ses yeux sont battus, son corps rompu. C'est la première fois que je vois un nègre fatigué. Il me regarde avec un intérêt surprenant.

– Le chantier ? fis-je.

Il me montre que c'est d'où il vient. Une tornade se prépare. Le vent commence à charger le haut des arbres. Tout se froisse au-dessus de moi.

Je marche une heure. Plus de Decauville. La trace de pas frais est une indication suffisante.

Un autre nègre apparaît. Pour lui, je suis un chef, et il vient me mettre sous le nez, en guise de passeport, un doigt écrasé et saignant. Je lui dis : « C'est bien ! » comme si j'avais à lui dire quelque chose !

Soudain la forêt parle. C'est d'abord une rumeur un peu éteinte. J'avance. Il me semble qu'on scande une litanie. La forêt cependant est encore aphone, mais les cris enflent :

– Ah ya ! Ah ya ! Ah ya ! Ya ! ya ! ya ! Yââââ ! yââââ !

Les cris me dirigent. Je tombe sur la chose. Cent nègres nus, attelés à une bille, essaient de la tirer.

– Yâââ ! yâââ !

Le capita bat la mesure avec sa chicotte. Il semble être en état de convulsion. Il hurle : « Ya-ho ! Ya-ho ko-ko ! » et même « Ya-ho ! Ro-ko-ko ! »

Dans l'effort, les hommes-chevaux sont tout en muscles. Ils tirent, tête baissée. Une dégelée de coups de manigolo tombe sur leur dos tendu. Les lianes cinglent leur visage. Le sang de leurs pieds marque leur passage.

C'est un beuglement général. Une meute à l'ouverture du chenil. Piqueur, valets, fouet, aboiements.

Un homme blanc ! Il reste béat de ma présence. Je vais à lui.

– La vie de la forêt m'intéresse, dis-je. J'ai voulu voir le travail du bois.

Et je me présente :

– Londr... !

– Martel, répond-il.

Il était maigre, harassé ; il avait vingt-six ans. Ses yeux luisaient comme à travers les orbites d'un crâne. Un sifflet à roulette pendait à sa ceinture. Il suait de partout.

– Quel métier !

Il fit :

– C'est un métier de bagnard. Cependant, on tient ! On se rattrapera pendant le congé !

– Encore loin ?

– Plus que huit mois ! Eh bien ! allez-vous tirer ?

– Ah yâ ! Ah yâ ! Ah yâ ! Yâ ! Yâ !

Un nègre accourait :

– Missié Matel ! criait-il, missié Matel, les abatteurs faire couillons. Tiamé a parlé et eux foutu camp.

Pris de panique devant le gros arbre qui allait tomber, les hommes d'abattage avaient lâché la besogne.

– Ils vont écailler mon arbre ! Ah ! les s... Idiot !... cria-t-il au capita.

Le capita expliqua qu'il avait tapé sur les déserteurs de toutes ses forces, mais que, refusant de continuer, ils l'avaient insulté par sa mère.

Foulant l'humus, on se hâta vers le lieu du drame. L'arbre ne tenait que par lambeaux.

Le capita montra une direction et dit :

– Foutu camp pa là !

– On va les « coxer » ! fit le Blanc.

Et voilà le Blanc et son homme qui se jettent à toutes jambes à travers la forêt.

À ce moment, la tornade se déclencha. On allait en prendre pour une heure sur les épaules. Le Blanc, s'étant ravisé, revint avec deux nouveaux abatteurs.

– C'est un arbre de trente tonnes. Il y a trois billes là-dedans, à huit cents francs la tonne. S'ils écaillent la base, c'est une bille de moins, huit mille francs perdus !

Il s'approcha de l'arbre, lui caressa orgueilleusement l'écorce.

– Ça c'est un arbre ! C'est moi qui l'ai découvert, un tiama, un noyer d'Afrique. Allez ! Allez ! criait-il aux abatteurs.

Les abatteurs frappaient.

– *Dundi !* hurlait le capita. *Dundi !* (Dépêchons !)

La hache vibrait dans la chair du bois. Ils frappaient en chantant d'une voix de tête :

– *Dibadivo* ! *Ah ya* ! *Nidibilé* !

C'étaient des mots à eux ; ils s'encourageaient. À la fin, le *dibadivo* fit place à une longue plainte, une de ces plaintes d'épuisé, sœur de celles que l'on entend dans les hôpitaux. Mais les hommes frappaient toujours. Soudain, un craquement. L'un des nègres sauta de l'échafaudage. L'autre donna un dernier coup et sauta aussi. Et l'arbre s'abattit comme s'abattent toutes les grandes choses, avec un bruit majestueux qui commande aussitôt le silence.

Le capita revint. Il n'avait pu « coxer » les déserteurs.

– Je les aurai demain ou après-demain, fit le jeune Blanc ; je sais où ils sont allés.

– Peut-être reviendront-ils d'eux-mêmes se faire payer ?

– Ils se moquent de l'argent. Mais ce soir ils ne peuvent manger que dans un village. Je me suis entendu avec son chef ; il me les ramènera à coups de manigolo.

Nous retournâmes au tirage.

– Voyez-vous, moi je n'aime pas les battre, mais il le faut. D'ailleurs, si vous en prenez un en faute et que vous lui administriez une bonne raclée, il ne vous en voudra pas.

Il me montrait son bâton.

– J'ai toujours la trique à la main. On ne connaît pas deux façons de travailler ici. C'est dommage. Mais je les soigne. Je ne les vole pas sur leurs rations. Ils savent que je suis juste si je suis dur. Pas un ne m'en veut. Ils sont même rares ceux de chez moi qui ne finissent pas leur contrat. Je suis celui qui fait le moins de morts dans la région. Que voulez-vous, pénible à dire, mais la machine ne peut remplacer le nègre. Il faudrait être millionnaire. Le moteur à bananes, il n'y a rien de mieux. D'ailleurs, seul le nègre peut marcher dans le poto-poto.

Ce jeune homme était logique. Lui, était venu en Afrique pour faire du bois. Il faisait du bois avec les moyens en vigueur. Il ne dépassait pas le règlement.

– Allez ! Tirez ! Tirez !

– Ah ya ! Ah ya ! Ah ya !

– Rien que pour amener cette bille à la rivière, j'ai besoin de trois jours, encore si la tornade ne délaye pas trop le poto. Enfin je n'ai plus rien à abattre d'un moment ; voilà la lune montante, et il ne faut pas couper quand la lune monte... Kouliko ! dit-il à son capita. Tu vas me choisir dix costauds pour la nage, hein ? C'est dans trois jours.

– Vous allez faire un concours de natation ?

– Dans la boue, oui, et moi en tête. On va jeter les billes à l'eau. Ce n'est pas tout de les couper, il faut les amener à Abidjan, ensuite à Grand-Bassam. Maintenant je vais faire le jockey aquatique, à cheval sur mes drômes. Ah ! il faut avoir une santé !

– Et vous gagnez beaucoup d'argent ?

– Moi ? Je ne suis pas patron, mais chef de chantier. Je gagne de quoi ne pas m'ennuyer pendant trois mois à Paris une fois tous les deux ans.

Il soupira et dit :

– Ah ! la place Clichy vers les sept heures du soir ! Les petites femmes !

Puis il revint à son état :

– J'ai acheté des actions de la mine d'or, vous savez, à côté, à Koukombo. Il faut croire au miracle. C'est à nous, coloniaux, à donner l'exemple. Et puis il y a de tout dans cette sacrée terre d'Afrique, on ne sait jamais !... Kouliko ! va dire qu'on dépèce la biche. Vous dînez avec moi ? Pas de restaurant, vous savez, par ici. Aimez-vous les cervelles de singes ? C'est excellent... Kouliko ! Tue deux singes en chemin. Et Odoz ? Connaissez-vous Odoz, monsieur ? Il possède quarante millions aujourd'hui. Il est arrivé de l'Isère en savates. Ah ! dame ! il a travaillé. Il a cherché pendant quinze ans ses millions dans le poto-poto. C'est le roi des coupeurs de bois. Je me sens autant de courage qu'Odoz.

– Mais vous toussez beaucoup.

– Je tousse ? Vous croyez qu'Odoz n'a pas toussé, lui ? Il ne peut même plus marcher tellement il a de rhumatismes. Les millions ? Regardez, ils sont là. (D'un grand geste, il me montrait la forêt effrayante.) À moi les manches courtes, le poto-poto, les billets de mille ou la bilieuse ! De deux choses l'une : ou la forêt vous enrichit ou elle vous tue. Pile ou face. À la forêt de décider !

– Ah ya ! Ah ya ! Ah ya ! Ya ! Yâ Yââââ ! Yââââ !

XXII
AU KILOMÈTRE 125

QUI ÊTES-VOUS ? dis-je.

Je descendais sur Céchi, au kilomètre 125, vers un autre chantier de coupeur de bois. Traversant Dimbokro, l'une des portes de la forêt de la Côte d'Ivoire, je vis, sur la place du village, un Blanc qui rabotait des planches, sous un bombardier.

C'était un vieux Blanc à barbe grise et défraîchie. Il dit : « Je suis le père Séri, pardi ! »

Du Blanc, il n'avait que la peau. Il était nègre dans tout le reste de sa vie. Une calebassc de couscous attendait à ses pieds et trois ignames, sa nourriture du jour. C'était un coupeur de bois doublé d'un chercheur d'or.

Pieds nus, en culotte déchirée, maigre et mal lavé, soixante années, dont trente de tropiques, sur la nuque, cet aventurier ressemblait à un chiffonnier.

Il confectionnait une chaise longue... pour un chef nègre.

– Avez-vous besoin de quelque chose ? lui dis-je.

– Ne vous occupez pas de moi. Je suis bien ici. La nourriture indigène me convient mieux que l'autre. Autrefois j'aurais digéré un Auvergnat rôti avec ses sabots, mais je n'ai plus de dents. Je loge dans le campement du chemin de fer. Tout le monde me connaît.

– Vous ne mettez pas de casque ?

– Non. Cependant il paraît que c'est indispensable, je l'ai entendu dire.

Une caisse remplie de cailloux et portant : « Produits d'exportation Félix Potin » était près de lui.

– Quoi ? Vous vous faites envoyer des cailloux de Paris ?

– Chut ! fit-il. Cela est à Golt. Vous ne connaissez pas Golt ? Vous venez d'arriver, alors ? Golt, mon frère, mon collaborateur, l'Anglais, l'ancien lieutenant de la Légion étrangère. Il est mort le mois dernier.

Et me montrant la caisse :

– Ceci est son testament.

Sur les cailloux on voyait une cuiller, un couteau et une demi-assiette :

– Et cela est son héritage. Golt est mort, mais il a trouvé. Baissez-vous, regardez.

– C'est des cailloux, dis-je.

– Golt a trouvé. C'est de l'or. Moi seul connais l'endroit. La famille de Golt, un jour, recevra une lettre de Séri. Elle sera riche, elle aussi ! Il m'a laissé l'adresse.

De la poche de sa chemise, il retira un sale papier, le dernier écrit du mort ; on y lisait dessus le nom d'une lady, et celui d'une rue à Manchester.

– Savez-vous, père Séri, que la colonie peut vous rapatrier ?

– Les missionnaires ne rentrent jamais. Laissez-moi finir la chaise longue et vous me verrez repartir. Golt, en mourant, m'a dit : « Vas-y, là-bas ! »

– C'est loin ?

– C'est où il y a de l'or. Mais cela me regarde seul. Et vous ? Comme ça, vous allez à Céchi, chez les coupeurs de bois ? En voilà qui devraient apprendre leur métier... Il y a de tout, parmi eux : des écrivains, des anciens jockeys, mais pas de coupeurs. Ils ne connaissent rien à la bille, rien. Ils tranchent un arbre à sept mètres de haut, pourquoi ? Ce n'est pas le haut de l'arbre qui est beau. C'est le pied. Le bois est dans le pied. Ils gaspillent la forêt. Un Noir vient et leur dit : « J'ai trouvé cinquante acajous. » Ils saccagent tout le reste pour avoir les cinquante acajous. Ça va vite à tomber une forêt séculaire ! C'est un massacre. On ne peut plus passer où ils sont passés. La plaie, c'est les chasseurs d'acajou. Ils esquintent la nature et le nègre. Hache et manigolo !

Là-dessus, l'étrange homme se remit à sa chaise longue.

– Allons ! Bonne chance, père Séri !

Et j'allai prendre le train.

– Vous vous arrêtez au kilomètre 125 ? fit le seul Européen du convoi. Alors vous devrez faire signe au mécanicien pour qu'il ralentisse. Autrement, on descend à Céchi, et il reste encore quatre kilomètres à pied.

C'était un homme petit, en bonne santé, le Blanc des yeux plutôt rouge. Il me dit qu'il était chasseur d'acajou.

– On m'espionne, vous savez. On dit : « Muss le prospecteur est parti en forêt. On va le suivre. » Je suis forcé de ruser. Prenez-en de la graine. Il ne faut jamais dire où l'on va. Et vous, tout de suite, vous m'avez dit : « Je vais au kilomètre 125. » Mauvais ! Mauvais ! C'est la lutte ouverte dans ce pays. Le margouillat mange le moustique, le serpent mange le margouillat. La mangouste mange le serpent, le Blanc mange le Noir. Ayez l'œil ! Avez-vous fait un mauvais coup, vous, dans votre jeunesse ? Êtes-vous en « consommation » ? Moi, je suis Muss. Je ne me suis pas toujours bien conduit en France. Il y a un banc de cour d'assises dans mes armoiries. La forêt me réhabilite.

– Alors, vous êtes prospecteur ?

– Maintenant. Avant j'étais chef de chantier. On m'appréciait. Quel as je faisais ! Les Noirs avaient peur de moi. Ils m'appelaient la Panthère. On dit que je suis brutal. Non ! Mais j'ai quelque chose dans les yeux, je les foudroie du regard. Ils disaient « Missié Muss connaît "bon manière". » Je commence à me vider, pourtant. C'est que le climat use, par ici ! Mais, parole ! si je me voyais obligé à me faire rapatrier comme indigent, je me mettrais une balle dans la tête. Ne sciez jamais le bois, vous entendez, ça le fait fondre. Équarrissez sur place et faites tirer à temps. Là, plus de préjugés, faites tirer avec ce que vous avez sous la main, hommes, enfants, femmes, même si elles ont un gosse dans le ventre ou dans le dos. Tant pis ! si les seins tombent et raclent la terre. Avant tout, sauvez la bille ! Un jour, je suis allé dans un village, j'ai pris les femmes, je les ai attachées à mon automobile. Je commençais à démarrer. Alors les hommes, qui s'étaient cachés, accoururent pour ravoir leurs femmes. Ainsi j'ai « coxé » les mâles. Un autre conseil : au lieu de trop taper dessus, arrosez-leur le nez avec du gin et ça tirera. Tenez, c'est là où vous devez sauter. Nous sommes au 125. Voici la case du chantier. Bonne chance !

Et je sautai du train, dans la tranchée de la voie, entre les deux murs de la forêt. Mon ami Bernard m'attendait.

C'était un coupeur de bois d'une autre race. Au titre d'aventurier, il avait préféré celui de bûcheur. Bordelais, le corps et la langue toujours en action, il portait à bras tendu ses vingt-cinq ans de Côte d'Ivoire. Il était de ceux qui faisaient dire : « L'Afrique tue ? regardez donc Bernard ! »

J'arrivais avec un jour de retard. J'avais perdu ce temps avant Dimbokro, alors que je roulais en auto. On n'en finissait plus de passer les rivières, les passeurs étant toujours de l'autre côté, comme la concierge est dans l'escalier ! Il était six heures et demie du soir. J'escaladai le remblai.

– Cinq cent mille poux de bois dans mes billes d'Iroko ! s'écria Bernard. Mais je vous croyais dévoré par les fourmis manians !

– Salut, dieu de la forêt ! fis-je.

Un par un, des Noirs, éreintés, rentraient du chantier. Ils ne gagnaient pas leur camp, mais, ce soir-là, ils s'arrêtaient devant la case du chef. C'était la fin du mois, jour de paye.

– Vous tombez juste pour assister à la séance, fit Bernard. Asseyez-vous à côté de moi, derrière cette table. Poincaré ! Apporte la lampe-tempête !

– Vous avez aussi un Poincaré chez vous ?

– C'est la mode !

– Ton tête est-il toujours bon, Poincaré ?

– Oui, missié Bénad, mon tête est toujous bon.

– Tu n'as pas fait crapule, ce mois ?

– Moi fini faire capule, missié Bénad.

– Voilà Tour-Eiffel. Toujours vieux, mon pauvre Tour-Eiffel ?

– Toujours vieux ! missié patron.

Bernard examina ses deux cents hommes.

– Vous entendez ? disait-il à son capita. Pas de brutalités. Le recrutement est déjà assez difficile. J'ai une bonne réputation, je ne veux pas la perdre en quinze jours. Ne « laquez » pas mon nom. Pourquoi celui-là ne tient-il plus debout ?

– Il a été marabouté (empoisonné).

– Il y a donc des féticheurs par là ? Qui t'a marabouté, Samba ?

– Moi, criver !

– Tu as vu féticheur ?

Samba ne répondit rien. Il s'étendit sur la terre. On le fit emporter au campement.

Le capita Poincaré s'approcha du patron :

– Missié, cria-t-il, moi vieux serviteur, moi bon capita, augmente-moi.

– Mon cœur va saigner, Poincaré, si tu me demandes encore une augmentation ; mon cœur n'est pas content de payer tant d'argent.

– Mais toi ? Content de Poincaré ?

– Tu es trop fort pour moi, tu auras cinquante francs de plus.

On s'assit derrière la table. La nuit était venue. Deux lampes-tempête éclairaient.

– Je dois vous prévenir, monsieur Bernard, dit le chef de chantier, que le commis de l'administrateur est venu, voici dix jours, se faire régler les impôts des hommes.

– Quoi ? fit Bernard. Il n'a pas le droit ! Et vous avez payé ?

– Oui.

– Vous avez eu tort. Ces hommes ont déjà dû verser leur impôt au chef de canton. Ainsi, ils l'auront payé deux fois. Que vont-ils toucher maintenant ? Enfin, c'est fait. Poincaré, explique-leur que le commandant est venu encaisser leur impôt et que nous allons retenir cette somme sur leur mois.

Poincaré palabra.

– Que disent-ils ?

– Ils disent que c'est bon.

– Allez ! Commençons !

Le chef du chantier, liste en mains, fit l'appel :

– Zié !

– Prisent !

Zié a gagné soixante-dix-sept francs dans son mois. Le patron a payé quatre vingt-huit francs d'impôt : quarante pour la capitation, quarante-huit de rachat de prestations. Après un mois de travail (dans la forêt), Zié doit onze francs.

– Tu comprends ? lui demande-t-on.

Bernard décide de ne lui retenir, ce mois, que cinquante francs. On lui aligne trente-huit francs. Zié dit : « Merci ! »

– Voyons ! Bernard, s'ils sont envoyés au travail de la forêt, ils ne peuvent aller aux prestations. Pourquoi leur demande-t-on quarante-huit francs parce qu'on les force à une besogne plutôt qu'à une autre ?

– Ça, fait Bernard, c'est « manière pour nègre ».

Les Blancs n'ont pas à comprendre.

Un grand bavardage s'éleva de la foule.

– Makou ! cria Bernard.

Le silence s'établit.

Tous se présentaient à l'appel de leur nom. Ils étaient résignés, prenant ce qu'on leur donnait. Jamais ils ne demandaient une explication. On dit à celui-ci : « Trente francs ! » Il tendit la main, reçut et s'en alla.

Médiki avait travaillé tout le mois ; il ne toucha que douze francs. Tout de même, la chose lui sembla exagérée. Il dit : « Merci ! Merci bien ! » mais ironiquement.

– Ticoubé ? Où est Ticoubé ?

– Parti dans la brousse, dit Poincaré. Évadé ! Il avait trente-deux francs à son compte.

– Georgea ?

– Parti dans la brousse. Évadé ! Cinquante-deux francs à son compte.

– Augustin ?

– Tout à fait malade, fit le capita. Depuis un mois lui pas manger.

– Alors qui mange ses rations ?

– Pas rations, répondit Poincaré ; lui pas travailler, lui pas bouffer.

– Vous êtes des dégoûtants ! Que l'on m'amène Augustin.

Augustin parut entre deux Noirs, comme entre deux béquilles.

– Qu'est-ce que tu as, Augustin ?

– Moi criver.

– Donnez-lui les cinquante-deux francs de Georgea. Et faites-le manger, sauvages !

– Tricoté ? Tiens ! Tu n'as pas d'impôt, toi, comment cela se fait-il ?

– Moi ? répond Tricoté, moi désalé, beaucoup malin, moi changé de nom au village.

Il reçut soixante-seize francs.

– Jeannot ? Jeannot ?...

Personne ne se présenta.

– Il est mort, dit le chef de chantier.

Maoudi et Robert II étaient morts également. Goupi n'avait que vingt-deux francs à son compte.

– Tu n'as pas d'impôt et tu n'as que vingt-deux francs ?

– Fainéant comme un poulet ! dit Poincaré.

Quinze Betés défilèrent.

– Si les malades meurent, faites-les enterrer tout de suite, les Betés les mangeraient. Vous entendez ?

dit Bernard en s'adressant aux anthropophages, si vous, manger copains morts, moi chicotte.

Baoulé avait cent vingt-huit francs d'impôt : quarante pour lui, quarante pour sa femme, quarante-huit pour rachat. Son gain n'était que de soixante-treize francs.

– Donne-moi dix francs, missié Bénad, dit tristement Baoulé.

On lui en donna trente.

Un mois de souffrance dans la forêt et pour salaire une dette ? L'organisation du travail laisse peut-être à désirer, en Afrique ?

XXIII
MON BOY

Il s'appelait Birama. Je l'avais pris à la prison de Bamako. Non par esprit humanitaire. Aucune manifestation de ma part. Mais en Afrique la prison est le bureau de placement. Là, les administrateurs et les Blancs favorisés vont chercher leur domestique. Ils étaient une dizaine de prisonniers dans la cour de la *boîte*. En désignant un, je dis : « Je prends celui-là. Il n'a pas l'air très fort ; s'il m'attaque, je pourrai me défendre. » Je tombais mal : c'était un féticheur qui avait sacrifié un petit enfant pour le culte. J'eus le droit de choisir parmi les autres. L'un avait la figure toute ronde ; il était tout frisé. Pas plus nègre que lui. Sa face semblait résumer si bien toutes les races de Noirs qu'à la fin je l'appelai le Nègre-Réuni. C'était Birama. Je l'emmenai.

D'abord je lui achetai la jaquette que vous savez, mais il l'échangea contre un ocarina en fer-blanc. Chaque fois que je rentrais, je le trouvais assis devant ma porte, suçant harmonieusement son instrument.

– Quand te décideras-tu à laver mon linge ? lui disais-je.

Il me répondait par un air nouveau qu'il venait de composer. À Ségou, il me demanda cent francs d'avance. Je les lui donnai. Il revint dix minutes après, les cheveux mouillés et dégageant à vingt mètres une odeur considérable. À la main, il tenait un flacon vide, un flacon de bon parfum. *Une après-midi viendra !* peut-être ! Il était entré chez le traitant ; montrant du doigt le flacon, il avait dit :

– Combien ?

– Cent francs ?

Les cent francs versés, il avait débouché l'objet de ses désirs et d'un seul coup, dans la boutique, il en avait vidé le contenu sur sa tignasse. À Niafounké, il m'en fit une assez belle. Il continuait de ne pas laver mon linge, faute de savon, disait-il. Chaque matin je lui donnais cinq francs pour acheter ce fameux savon. Je ne revoyais ni les cinq francs ni Birama de la journée. Quand je lui adressais des reproches, il me jouait de sa musique, et tout finissait dans l'harmonie. Je lui apportai donc une belle savonnette verte et lui dis : « Cette fois, hein ! pas de blague. » Le lendemain, pas de linge ! « Où est le savon ? » lui demandai-je. Il me montra un vieux casque déteint et délabré qu'il portait fièrement sur une chevelure naguère si parfumée. Il avait échangé la savonnette contre cette ordure. Savez-vous pourquoi ? Il faut chercher à comprendre les actions des hommes. Voici comment avait raisonné Birama. De toute façon, s'était-il dit, ce savon est perdu pour le toubab. Il va fondre dans l'eau. Or, depuis quinze jours, j'ai une folle envie de posséder un casque. Je donne le savon et j'ai le casque. Le toubab n'y perd rien et moi j'y gagne. Mais le linge ? allez-vous penser. En portait-il, lui, du linge ?

Les premiers temps, il me navrait. « Moi pas mangé ! » disait-il. Il mangeait de toute évidence. Il avait de quoi et cela se voyait. Mais sait-on jamais ? Je lui alignais un pain et un billet de cinq francs. Une semaine entière, je le laissai à la maison. Je n'avais pas besoin de ses éminents services pour courir le Lobi. Je revins du Lobi. Devant ma porte se tenait un nègre, les yeux cachés derrière des lunettes noires, casqué et chaussé ; un magnifique boubou sur le corps, une canne dans une main et une flûte en bandoulière. Il me dit : « Bonjou ! » Je reconnus la voix : c'était Birama. Il ressemblait à un chimpanzé de music-hall. Je commençai à bien rigoler, quand il fit :

– Moi, pas mangé !

– Quoi ? Tu n'as pas mangé depuis sept jours ?

– Oui !

Il était gras et frais. Il était même rose !

– Et les soixante francs que je t'ai laissés en partant ?

Il me montra ses achats et fit le compte devant moi : bâton (canne), neuf francs ; musique, dix-sept francs ; bottines (c'étaient des espadrilles), onze francs ; boubou, vingt francs.

– Et les trois autres francs ?

Il étendit sa main : une superbe bague de cuivre répondit pour lui.

Il avait mangé, c'était bien sûr. Jusqu'au soir, il répétait : « Moi pas mangé ! » À la fin, je lui lâchai vingt francs. Il disparut. Une heure après, je le vis revenir ; il avait augmenté son équipement d'un parapluie, sous le dôme duquel, majestueusement, il avançait !

On n'aurait pu trouver plus nègre que Birama. En voilà un qui ne reniait pas sa terre et ses morts !

– Viens, Birama ! lui dis-je un jour à Diré. On va acheter des conserves.

On les acheta. Cela fit deux caisses. J'en pris une et je lui dis : « Prends l'autre. » Je partis devant. Près de la maison, je me retournai. Birama était à cent mètres, le parapluie à la main. Qu'avait-il fait de ma caisse ? C'était un autre – un nègre nu

– qui la portait. Birama, lui, criait : « Allez ! Allez ! » Il l'avait « coxé » au passage et commandé du haut de son casque et de ses lunettes. Le tout-nu avait obéi comme toujours.

– Et maintenant, lui dis-je quand ils arrivèrent tous les deux, qui va payer « lui » ?

Il répliqua naturellement :

– Lui ? Jamais payé !

Il s'y connaissait. On avait dû lui faire le coup plus d'une fois. Il m'apprenait à vivre en Afrique.

C'est à Oumé, en Côte d'Ivoire, qu'il me donna une autre leçon. Justement ce jour-là, les autorités françaises allaient mettre à mort trois féticheurs qui avaient empalé une femme du village de Zangué sous prétexte qu'elle était habitée du démon et que cela causait du tort à sa famille. C'était l'un de ces crimes rituels que nous pourchassons sans grand succès. Les sorciers sont encore puissants. Nous savons bien qu'à Kalavi trois jeunes vierges sont élevées jusqu'à seize ans et sacrifiées ensuite au dieu de la lagune pour que l'année soit bonne en poissons ; que le chef de la tribu des Niaboua a pu manger treize jeunes filles sans attirer notre attention ; que la quatorzième seule le perdit ; qu'il avoua au commandant que la jeune fille était ce qu'il y avait de meilleur, et qu'il lui donna même la recette : faire bouillir et non rôtir. Nous savons aussi qu'un administrateur trouva naguère deux Noirs sur la place d'un village, qu'ils attendaient d'être mangés, que l'administrateur les délivra, mais qu'une fois le Blanc parti, les deux Noirs retournèrent d'eux-mêmes dans la cage pour ne pas désobéir aux dieux. Nous n'ignorons pas que lorsque les Betés attrapent un Peuhl ou deux, c'est toujours un bon festin en perspective. Mais il nous est difficile de prévenir ces sacrifices. Nous ne pouvons que les punir. C'est ce que l'on allait faire à Oumé.

– Regarde, dis-je à Birama, lui montrant les trois sorciers, ce sont tes féticheurs. Ils ont tué une pauvre femme. Le Blanc maintenant va les tuer.

Birama ne répondit rien. Il réfléchissait. Les tirailleurs armaient leurs armes. Première décharge. L'un tomba.

Birama me demanda si la femme qu'ils avaient tuée était vieille. Je lui dis qu'elle était vieille.

Deuxième décharge. Un autre tomba.

– Si elle était vieille, c'est qu'elle allait bientôt mourir, m'expliqua Birama, alors féticheurs pas beaucoup crapules.

Troisième décharge. Le dernier tomba.

Ce matin même, Birama entra dans ma chambre.

– Tu as mangé, Birama ?

– Non ! Pas mangé !

Cette question et cette réponse étaient devenues mon régal. Je voyais Birama, la tête au fond de sa calebasse, s'empiffrant de riz ou de mil. Cinq minutes après, je lui demandais :

– Tu as mangé ?

– Non ! Pas mangé !

L'estomac d'un nègre est sûrement sans fond. Bref, il m'apportait un catalogue.

Il me l'apportait non pour moi, mais pour lui.

– Que veux-tu que je fasse de cela ?

Les catalogues de nos grands magasins inondent l'Afrique, non seulement la côte, mais l'intérieur. Ils arrivent par sacs. Les sacs sont adressés à MM. les interprètes, M. le chef des gardes, M. le chef de canton, MM. les élèves des écoles. Et l'on dit que le commerce français n'est pas astucieux ! Ces livraisons remportent le plus triomphal succès. Le nègre qui reste deux mois sans recevoir *son catalogue* se croit lésé et fait écrire aux grands magasins une lettre de rappel ! Des journées entières ce joli livre est sous les yeux de l'indigène qui ne trouve rien de plus séduisant. Ça éblouit ! Et il commande à tour de bras. Les uns lisant le mot serviette et ne voyant pas plus avant, font venir pour cinquante francs de cette marchandise. Ils reçoivent des rouleaux de papier fin, alors ils s'imaginent qu'on les a volés ; les autres s'en tiennent à des vêtements d'enfants, parce que cela coûte moins cher, et ils s'étonnent de ne pouvoir les mettre. À Ouagadougou, trois camions de colis postaux arrivent chaque semaine. Mon boy, lui, voulait un plumeau ! De son doigt, il me montrait l'objet.

– Tu es fou ? Fiche-moi le camp !

Dans l'après-midi, il remit son catalogue sous mon nez, et son doigt sur son plumeau.

– Écris pour moi, dit-il, à mam'zelle Samaritaine !

– Veux-tu me dire ce que tu veux faire d'un plumeau ?

– Pour faire musique.

J'ai cru cette fois qu'il se moquait de moi. Il ne riait cependant pas. Il mima l'usage auquel il le destinait : il avait pris le plumeau pour une clarinette à queue !

Ah ! Birama, mon vieux boy, tu ne laves jamais mon linge, tu as toujours faim, tu mets mon pyjama, mais, à cinq mille kilomètres de ton pays, tu suis toujours sans savoir où tu vas et tu commandes un plumeau pour jouer de la clarinette !

XXIV
LE ROI DE LA NUIT

C'ÉTAIT AU DAHOMEY, à Porto-Novo.

Avant nous, deux royaumes se partageaient le Dahomey. L'un avait son roi sur le plateau d'Abomey et l'autre sur la lagune, à Porto-Novo. Même, c'est le roi de la lagune qui nous appela au secours contre Behanzin, son « cousin » du plateau.

Depuis, les noix de coco se sont renouvelées dans les palmeraies. Behanzin est enterré et le successeur du souverain de la lagune ne se nomme plus que chef supérieur. Un roi, cependant, a résisté au raz de marée européen : c'est le Zounan, autrement dit le Roi de la Nuit.

Quelles sont ses fonctions ? Son titre seul nous indique qu'elles doivent être assez obscures. Du temps du royaume de Porto-Novo, le Zounan était chargé de faire respecter le bon ordre du coucher au lever du soleil. Gouvernant au grand jour, la France ne semble pas avoir dépossédé le représentant de la nuit. Quoi qu'il en soit, il règne encore.

Il convenait de faire sa connaissance.

– Quand voulez-vous le convoquer ? me demanda M. Fourn, non seulement gouverneur du Dahomey, mais un peu dahoméen, puisque depuis trente ans il commandait dans le pays.

– Cet après-midi, à trois heures.

– Y pensez-vous ? Le Roi de la Nuit ne sort pas l'après-midi. Tout ce qu'il peut faire, c'est d'arriver entre chien et loup.

On choisit six heures vingt-cinq.

Le soir même nous attendions Sa Majesté dans le jardin du gouvernement.

Un peu après six heures et quart, nous entendîmes un bruit de voix : un cortège montait la grande avenue de la capitale. Le gouverneur Fourn tirait sur sa moustache et me regardait du coin de l'œil. Le cortège se précisa. Sept nègres nus, des grands et des petits, étaient attelés à des brancards, faisant les chevaux. C'était un fiacre qui avançait. Sur le siège, remplaçant le cocher, deux petites Noires, poitrine ferme et nue et tenant entre leurs seins l'une un vase d'argent, l'autre un brûle-parfum. À l'endroit où les collignons mettaient leur fouet, un drapeau français. À gauche, la lanterne aux verres peints en bleu était éclairée. Quelques parapluies abritaient le toit de la guimbarde. Tout autour et poussant au derrière, une nombreuse clientèle s'agitait.

La folle voiture fit crisser le gravier du jardin et s'arrêta.

Les stores des deux portières étaient tirés. On aurait dit le fiacre de l'adultère. Nous attendîmes. Rien ne bougeait dans le coffre.

– Il ne fait pas encore assez nuit, dit le gouverneur.

Un des clients se glissa sous le véhicule et frappa contre le plancher. J'ai pensé qu'il entendait signifier au roi que Sa Majesté était arrivée. Silence.

– Il doit se donner un coup de peigne ; il est très coquet.

Alors une toux impérative ébranla le « sapin ». Les gens se précipitèrent. Les parapluies accoururent. Une jeunesse qui portait le sabre royal horizontalement sur son ventre se rangea. La portière s'ouvrit : Zounan Mêdjé dit le Zounan, roi de la Nuit, apparut. La jeunesse au sabre et la jeunesse au brûle-parfum l'entourèrent ; l'une était sa fille, l'autre sa femme préférée. Ainsi flanqué, lentement, le vieillard s'avança entre deux séduisantes poitrines. Coiffé d'un bicorne à haute plume, revêtu d'une lourde robe de velours vert broché d'argent, l'épaule drapée d'une toge jaune, tout en regardant ses sandales argentées, il soufflait violemment du nez dans sa courte barbe blanche à deux pointes.

– Bonsoir ! Zounan, dit le gouverneur.

Il fallait bien se garder de lui dire bonjour !

Et l'on pénétra dans un salon particulier.

Le premier contact n'allait être, pour ainsi dire, que visuel. C'était la visite protocolaire.

– Comment va le pays ? lui demanda le gouverneur.

– Il va bien, très bien.

– Et ta santé, Zounan ?

– Je souhaite chaque soir qu'elle vaille la tienne.

On échangea quelques autres petits propos du même genre. Puis un boy passa les coupes de champagne. Le roi sortit un grand mouchoir, s'en voilà le visage et, derrière ce paravent, il but. Quand il s'abreuve ou se nourrit, personne ne doit contempler la royale face. Son gosier était moins discret, de sorte qu'on l'entendait si l'on ne le voyait.

Il nous dit qu'il serait très honoré de nous recevoir en son domicile.

– Eh bien ! c'est entendu, Zounan, fit le gouverneur. Nous irons te voir demain matin à dix heures.

Une joie orgueilleuse éclaira son visage. On le reconduisit à son fiacre, et, cahotant, geignant, la vieille chose roulante s'éloigna, aux flambeaux.

Je descendis dans Porto-Novo. Aucune autre

ville d'Afrique ne peut être comparée à celle-là. Ce n'est ni un amas de cases ni une cité européenne. De tous les Noirs, les Dahoméens sont les plus civilisés. Les premiers, il y a de cela bien des siècles, ils furent au contact des Blancs. Leur côte, qui s'appelle côte des Esclaves, dit par son nom même qu'elle fut l'endroit où les traitants avaient d'abord installé leur marché. Le voyage des aïeux dans les Amériques ouvrit l'esprit des fils. De la vie primitive, ils s'élevèrent peu à peu jusqu'à la vie de société. Ils se découvrirent le goût du commerce. Le commerce créant des obligations, ils bâtirent des villes. Porto-Novo fut tracée et construite par eux. Les Dahoméens sont les seuls indigènes de l'Afrique française qui se soient mis dans leurs meubles.

Le marché de nuit battait son plein. Le goût du négoce est, ici, poussé si loin qu'achats et ventes ne s'arrêtent pas au coucher du soleil. Les trafiquant tiennent boutique en plein air jusqu'à onze heures du soir. Des centaines de veilleuses, de lampes à pétrole ou de chandelles brillent au ras de terre. De loin on croirait un champ de grosses mouches à feu. C'est très joli. Je regardais ce spectacle quand une poussée du peuple se produisit. Aux parapluies et aux flambeaux je reconnus le cortège du Roi de la Nuit. Sa Majesté rentrait chez elle. Je me rangeai. Justement le Zounan sortait du fiacre. Nous étions à vingt pas, mais le souverain m'avait vu. Alors, au lieu de pénétrer dans son logis, il me fit face. Et dans le grand espace vide que la déférence populaire avait laissé devant lui, m'ayant salué du torse, il ramassa sa robe et se mit à danser. Trois petits pas d'abord du pied droit, puis trois du pied gauche. Après il étendit le bras et sa toge battit à son côté comme une grande aile. Une nouvelle fois il s'inclina et ce vieillard tournoya sur lui-même. La plume de son bicorne balayait l'espace, sa barbe, certainement, devait trembler. Je demeurais immobile. Il dansa plus de trois minutes. Puis il enleva son chapeau et, d'un geste large, sous les yeux de la foule et à la lueur des flambeaux, il me salua comme de l'épée. Ensuite, me laissant figé sur place, il disparut dans sa maison.

– C'est un grand honneur qu'il vous a fait, m'apprit plus tard M. Fourn. « Regarde, vous a-t-il dit à sa manière, le roi danse pour toi, noble voyageur ; il n'est que ton histrion. »

Le lendemain matin nous étions à l'heure. Le Zounan nous attendait, non dehors, mais dans sa cour. Il lui est permis de voir le jour entre ses murs. Il avait arboré une robe à carreaux. Des médailles cuirassaient sa poitrine. Son chef était couvert d'une véritable casquette de jockey. L'ensemble donnait : toque rouge, casaque orange.

Femmes, serviteurs, clientèle, chienlit grouillaient autour de nous.

Lui nous précédait, frappant de la canne comme d'une hallebarde. On gravit un escalier de bois. La chambre qui nous reçut suait le velours et le satin.

Une table ronde portait déjà et les mets que nous allions manger et les bouteilles promises à notre soif. Il y avait du champagne, de l'alcool de menthe et du kikrini, médicament anglais contre la fièvre, les coliques, la chair de poule et les démangeaisons du cuir chevelu !

Le roi reniflait d'aise. Gouverneur, administrateur, chef de la police, toute l'autorité blanche assise en ses fauteuils !

Une statue de Notre-Dame de Lourdes, sous une cloche de verre, trônait à la meilleure place. Comme je la regardais, le roi dit :

– Marie ! C'est Marie !

– Votre Majesté est catholique ? fis-je.

– Je l'étais avant d'être roi. Depuis, mon peuple étant fétichiste, j'ai dû lui faire la politesse de croire à ses fétiches. Mais j'aime tout de même bien Marie. Ah ! Marie !

Le Zounan lançait un regard dur au chef de la police. Il y avait de quoi ! La dernière épouse du roi, naguère, avait fui le palais. Ému considérablement, Zounan avait confié sa peine à notre détective. Le détective n'avait pas mis grande ardeur à retrouver cette jeunesse. Je crois même qu'il avait conseillé à Sa Majesté de laisser l'enfant de quinze ans suivre le chemin de son cœur.

– Alors, vous êtes toujours fâché contre moi ? lui dit le Blanc.

Le roi lui répondit simplement :

– Une jeune fille est l'alcool du vieillard.

– Zounan ! dit le gouverneur, tu sais combien nous sommes grands amis. Nous pouvons parler en toute confiance. Eh bien ! ton peuple n'est pas très encourageant. On a beau faire beaucoup pour lui, il ne vous dit jamais merci.

– C'est vrai ! On ne te dit jamais merci, mais quand tu fais quelque chose de bien, on prie pour toi les fétiches dans les maisons.

Là-dessus, sous le prétexte de boire, il cacha ses yeux moqueurs derrière son mouchoir.

S'étant dévoilé, il reprit :

– Je vais te dire : les gens d'ici sont comme les femmes qui ont deux poches, l'une devant, l'autre derrière. Dans la poche de devant, qui est percée, elles mettent la reconnaissance pour le bien qu'on leur a fait ; dans la poche de derrière, qui est en peau de rhinocéros, elles mettent le souvenir des mauvais traitements et la rancune, et cela ne se perd jamais.

Un air de phonographe s'éleva. L'une des femmes de Zounan, s'étant introduite à quatre pattes dans le salon, avait remonté la machine. Zounan chassa l'épouse d'un coup de mouchoir, ainsi que toute la clientèle qui, bouchant portes et fenêtres, empêchait le zéphir de nous caresser.

– Écoute, gouverneur, reprit-il, ce n'est que lorsqu'une femme va vers un autre mari qu'elle reconnaît que son premier était bon. Ainsi mon peuple fera-t-il pour toi. Les femmes du roi même ne sont pas contentes de lui. Écoute bien, mon gouverneur, mon z'ami, un grand chef ne doit avoir ni z'amis ni frères. Un grand chef ne doit pas compter sur la reconnaissance de la foule parce qu'il ne peut avoir deux bouches, l'une qui dira blanc à l'un pour lui faire plaisir et l'autre noir au second pour lui faire aussi plaisir. Écoute, gouverneur, un grand chef n'a pas à tenir compte des histoires du marché.

Il se voila de nouveau la face, et, derrière son mouchoir de soie, on entendit :

– La reconnaissance est une grande affaire seulement pour les petites gens.

Le peintre Rouquayrol le dessinait à la dérobée.

Le Zounan glissa vers lui un œil amical et complice qui signifiait : « Ça va, la peinture ? »

Il fallut goûter aux tartes. Le roi en coupa lui-même les parts. L'assiette dans laquelle il me présenta le morceau était ornée d'un portrait d'Édouard VII.

– Mon bon confrère ! dit-il, non sans souligner d'un sourire l'audace d'un tel rapprochement.

Il chassa de nouveau femmes, enfants et serviteurs.

– Étant Roi de la Nuit, il m'est interdit de

découcher. Je ne puis donc m'offrir de voyages. Je ne connais que Porto-Novo. Dites-moi, très honorable voyageur, dites-moi un peu ce qu'est le monde.

– Chère Majesté, dis-je, ce n'est autre chose que Porto-Novo, tantôt plus grand, tantôt plus petit.

– Je m'en doutais, fit-il.

Il nous offrit du kikrini, de l'asti, de l'alcool de menthe et une boisson purgative.

– Si j'avais su, ajouta-t-il, je vous aurais fait cuire un dindon.

Il voulait dire par là que le plaisir qu'il éprouvait de notre visite dépassait celui qu'il en avait escompté.

On prit congé. Tout en nous accompagnant, il disait :

– Où il y a de l'argent il y a de la paix.

Au moment de saluer le gouverneur Fourn, il proclama :

– Dans mon pays, tant qu'on est grand chef on ne vous félicite pas.

Puis il enleva sa casquette de jockey.

Il n'eut pas le crâne découvert pour cela.

Même le jour, le roi était en bonnet de nuit !

XXV

DRAME DAHOMÉEN

ABOMEY était en deuil. Vingt années après sa mort, Behanzin, revêtu d'un cercueil européen, rentrait dans sa capitale. La France, ayant tâté ses cendres, les avait jugées assez froides pour ne plus mettre le feu au pays. Il faisait d'ailleurs, comme cela, suffisamment chaud au Dahomey !

C'était un grand deuil, c'est-à-dire une belle fête.

Ouanilo, fils chéri du mort, avait ramené son père, au nom de notre gouvernement, d'Algérie à Marseille, de Marseille à Cotonou, et de la côte des Esclaves à Abomey. Parti avec lui, au moment de l'exil, alors qu'il était un petit prince noir, Ouanilo, élevé par la France, au début, à la Martinique, ensuite à Alger, était maintenant avocat près la cour de Bordeaux.

Il touchait le sol natal pour la première fois depuis son déracinement. Il y revenait avec son père noir et sa femme blanche.

Élégant, habillé à l'européenne, instruit, rempli de réserve et de tact, il était réellement un gentleman timide. Tant de bonnes manières le mirent tout de suite au ban de sa patrie. Au milieu de ses frères au torse nu, il ne savait plus que faire de son faux col, de ses habits, de ses chaussures et surtout de son éducation. Il regardait ses parents d'un œil qui demandait pardon.

Les funérailles allaient durer longtemps. Le gouverneur Fourn avait logé le prince et la princesse dans une maison de Blancs, pas très loin des ruines du palais où, à l'ombre du trône paternel, vissé sur quatre crânes, l'enfant royal était né.

Les volets de cette maison demeuraient clos.

Behanzin, d'après la coutume, n'était pas encore considéré comme mort. Le cercueil dans lequel ses restes reposaient était bien dans le tata de son fils aîné, le grand Aouagbé, préfet de Boïcon et d'Abomey, mais, pour le peuple, Behanzin n'était que très souffrant. Les indigènes s'abordant, s'interrogeaient avec angoisse sur la santé du roi. « Il faut rentrer chez nous, disaient-ils, notre roi ne va pas mieux. »

Ils parlaient bas et s'éloignaient en silence. Mon

boy accourait et me disait : « Ti sais, le roi est encore plus malade que ce matin. » Deux de ses femmes, si vieilles que lorsqu'elles marchent leur tête dodeline à la hauteur de leurs genoux, veillaient dans l'obscurité près du cercueil, retour d'un si long voyage. Enfin, le lendemain, Behanzin mourut officiellement.

Les fêtes dahoméennes commencèrent. Le tam-tam s'établit.

Le premier jour, fils aîné, fils et filles, frères et sœurs et amis sincères se lamentèrent dans le tata.

Le deuxième jour, le gri-gri So sortit.

Le troisième jour, l'ami supérieur de Behanzin, celui qui lui avait dit : « Ne combats pas les Français », tua trois cabris.

Le quatrième jour, les fils égorgèrent des animaux domestiques.

Ouanilo, toujours vêtu à l'européenne, accomplissait son devoir. Je le vis rentrer, du tata mortuaire à sa maison, du sang sur les mains et sur la chemise. Il marchait vite, comme honteux. Derrière les volets, sa femme blanche anxieusement l'attendait.

Les funérailles continuaient. Alors que les frères de Ouanilo, chefs riches et puissants, s'apprêtaient à offrir de fastueux cadeaux aux mânes de leur père, Ouanilo comptait ses sous. Le jour de la présentation des pagnes sa honte éclaterait devant le pays réuni. L'aboyeur funèbre crierait pendant des heures le nom de ses frères, étalant leur générosité, leur piété filiale. Ouanilo n'avait, lui, ni troupeaux ni trésors de famille. Son peuple ne lui faisait plus de dons. Son peuple ? Il regardait l'ancien petit prince sans vouloir se souvenir. Ouanilo n'était plus de chez lui. Il s'en alla à Boïcon, chez les marchands blancs. Les marchands blancs ne donnent pas beaucoup de marchandises pour peu d'argent. Ouanilo revint avec quelques pièces de calicot. Il avait une bague, il la joindrait à ses pauvres pagnes pour prouver sa bonne volonté.

Le grand jour arriva.

C'était dans la cour du grand tata d'Aouagbé, son frère aîné. Les autorités blanches, du gouverneur à l'évêque, étaient là. Les soixante-dix femmes d'Aouagbé, groupées, chantaient le chant funèbre. Ouanilo, hésitant, s'éloigna des cris sauvages et conduisit sa femme blanche, immensément troublée par la furie de ses belles-sœurs, entre l'évêque et le gouverneur. Chacun de ses frères se tenait, selon la coutume, au milieu de ses femmes et de ses serviteurs. Ouanilo chercha où se placer.

Un mouvement de surprise souleva cette foule.

Magnifique, drapé de rouge, un puissant sein nu dehors, coiffé d'un bonnet phrygien, chaussé de sandales, sceptre-casse-tête sur une épaule, un homme à l'allure de dieu se présenta sous un parapluie, entre deux amazones fulgurantes et suivi de l'appareil royal. C'était Agboli-Agbo, l'oncle de Ouanilo, le frère de Behanzin, le dernier roi du Dahomey détrôné, exilé puis pardonné.

Agboli-Agbo tentait pour la deuxième fois un coup d'audace. Il se présentait au peuple en posture royale. L'administrateur, comme lors d'un dernier 14-Juillet, allait-il se précipiter sur lui, d'une main l'empoigner par le sein, ongles dans la chair, et de l'autre lui arracher son bonnet, ses sandales, son sceptre et son crachoir ?

Le vieux lion semblait attendre la scène. Elle n'eut pas lieu. Il s'installa au milieu de sa cour, de ses amazones. Ouanilo le regardait comme frappé de stupeur.

L'aboyeur commença. Frère et fils connurent de longs honneurs. Pagnes, éventails, bouteilles de liqueur, objets d'or et d'argent, bœufs, peaux de bêtes, ils offrirent tout cela pour être enterré dans le grand trou où Behanzin allait descendre. Quand le nom de Ouanilo tomba sur la foule, porté par si peu de cadeaux, il fit un si petit bruit que personne ne chercha le fils chéri. Ouanilo baissa la tête.

Dans la maison aux volets clos, Ouanilo et sa femme blanche ne goûtaient pas aux mets que lui envoyaient les anciens sujets de son père. Le couscous, le riz, les œufs mêmes étaient jetés la nuit venue. Son embarras fut grand devant une calebasse d'eau, alors que je lui en demandais un verre.

Il me fit comprendre qu'il désirait ne pas me donner de ce liquide, dont lui-même ne boirait pas.

Royaume des féticheurs, c'est-à-dire du poison, le Dahomey est dans la main des sorciers. Il est à la fois le pays noir le plus avancé et le plus secret. Mgr Steinmetz, notre évêque, le sait bien, lui, qui dut intervenir cette semaine auprès des prêtres du diable, sans quoi son missionnaire, touché l'autre jour par trois féticheurs voilés, alors qu'il rentrait à bicyclette sur la route de Kalavi, serait mort déjà. Son bras s'était raidi, puis desséché, le mal gagnait l'épaule, la poitrine. Monseigneur fit venir le chef féticheur, qui lui dit : « Ô grand Blanc ! Le respect que tu m'inspires m'oblige à dire que mes revenants ont fait cela. – Ô grand féticheur, répondit le prélat, en amour de moi, tu vas guérir mon serviteur. » Le contrepoison fut donné. Le missionnaire, aujourd'hui, m'a serré la main d'une main valide.

Féticheurs et féticheuses en tutu froufroutant pullulaient aux funérailles de Behanzin, Ouanilo faisait un grand détour pour les éviter.

À la nuit, le boy fidèle du commandant français entrait dans la demeure de l'avocat de Bordeaux : il apportait des boîtes de conserve sur lesquelles les prêtres de Maon n'avaient pu laisser tomber leur regard.

Ouanilo s'en allait seul à la découverte de son berceau. Je le voyais marcher sur le plateau d'Abomey, s'arrêtant, s'interrogeant. Un jour, un chef passa près de lui dans son hamac ; ses gens de case portaient le parasol, le crachoir et les autres attributs. Alors que les frères de Ouanilo, plus grands chefs que le passant, eussent fait déblayer la route, Ouanilo se rangea sur le bord et d'un œil où se lisait l'étonnement d'un Blanc, il suivit longtemps le cortège traditionnel.

Il s'assit un jour au milieu des ruines du palais de son père. Dans l'une de ses mains, posée sur son genou, il tenait son autre main. Sur ces murs de boue, défaits par le temps, il promenait un regard étranger. Il se leva, parcourut l'emplacement. Il s'inclina devant le tombeau de Glé-Glé, son grand-père, alors qu'il aurait dû tomber à terre et frapper son front contre le sol. Ses ancêtres ne l'appelaient plus.

Les soixante et soixante-dix femmes de ses frères le plongeaient dans de grandes réflexions. Je le vis jeter discrètement sa cigarette, alors qu'elles fumaient la pipe. Dans son salon, un soir que nous causions, son frère Robert entra, torse nu. Il le fit asseoir dans un fauteuil, face à la princesse blanche, sa femme, en toilette de dîner. Il avait la mine d'un écartelé. Tous les soirs, le malheureux avait mal à la tête. Il ne supportait plus le tam-tam. C'était un pauvre déraciné. Lui-même avouait : « Ah ! ces funérailles ; elles n'en finissent pas ! »

Deux mois passèrent. Je me trouvais au large de Cotonou, sur le paquebot *Amérique*. La mer était hargneuse. On se demandait si l'on allait pouvoir embarquer des passagers. Des chalands essayaient d'approcher le bord ; le flot contrariait la manœuvre. Dans ces chalands, de curieux carrosses, des carrosses dont on n'aurait conservé que la caisse, les roues étant parties on ne sait où, contenaient les voyageurs. C'étaient ces carrosses sans lesquels on ne pourrait ni débarquer ni embarquer sur cette côte. Une grue les dépose et les soulève. Ils se balancent ainsi un bon moment au-dessus de la mer. On dirait un départ en avion pour la traversée de l'Atlantique Sud !

– Tiens ! dis-je. C'est Ouanilo et la princesse qui pendent au bout de la grue. On ne les a pas empoisonnés !

Le prince Ouanilo revenait dans son pays, en France.

Le carrosse ayant capoté à l'arrivée, c'est sur les genoux que les Behanzin firent leur entrée à bord. Robert et un autre frère accompagnaient les voyageurs.

La forte houle les avait éprouvés. Ils montèrent au bar pour prendre un cordial.

– Sortez ! dit le barman. Pas de nègres ici.

– Mais, dit Ouanilo, je suis passager de première.

– Encore, vous, je puis vous servir, vous êtes propre ; mais pas les deux macaques !

Ouanilo vint me chercher. Il me dit que ses frères étaient malades, ce qui se voyait ; que le barman leur refusait un verre de cognac ; que, pourtant, ils avaient fait la guerre en France ; que Robert avait été blessé.

Suspect comme Blanc au Dahomey, suspect comme Noir en France, pauvre Ouanilo ! Je fis apporter le cognac dans sa cabine.

L'Amérique naviguait depuis plusieurs jours. Ouanilo mangeait en tête à tête avec la princesse sur une petite table de deux, vivant sans bruit, souriant, espérant que bientôt les Blancs lui pardonneraient d'être noir. Il me disait sa joie de revenir à Bordeaux.

Le dernier mois lui sembla si long à Abomey ! Il se sentait égaré, surtout *on* le regardait mal !

Un soir, Ouanilo ne parut pas à la salle à manger, La mer, cependant, était calme. Un garçon vint prévenir le docteur qui quitta la table. Le dîner des autres passagers s'acheva. Une heure après, le commandant m'apprit que Ouanilo était à toute extrémité. Le docteur confirma la sentence. Dans sa cabine, Ouanilo était couché immobile mais Ouanilo n'était plus Ouanilo. En trois heures sa figure avait épousé je ne sais quelle autre ressemblance. Il allait mourrir.

– Sorciers ! Les sorciers ! disait-il.

Il tint jusqu'au lendemain matin dix heures. On eut le temps de le débarquer à Dakar. Il s'y éteignit aussitôt. Il avait ramené son père en terre d'Afrique. Son sort voulait qu'il y mourût aussi.

XXVI
RETOUR AU GABON

LE BATEAU qui m'emportait vers l'équateur s'appelait *L'Europe*, une très petite vieille chose fort ancienne, ayant bercé, pour le moins, trois générations de coloniaux.

J'étais sur le pont parce que l'on ne peut toujours être au bar, surtout quand on a beaucoup plus de brûlures d'estomac que de chagrin !

Un homme à la figure triangulaire s'approcha de moi, toucha son casque et fit : « Je suis un ami de Philippe Lallemand. Il m'a signalé que je vous rencontrerais sur ce chemin. Salut ! »

Il me dit venir directement de Monte-Carlo. Autrement, ajouta-t-il, il serait encore en possession de quatorze mille francs, de quoi vivre quatre mois à la métropole. Mais bah ! Il rentrerait dans l'administration, et allait se faire chasseur d'éléphants. Il se nommait Rass. Soudain il disparut.

Il semblait autant fait pour chasser l'éléphant que moi pour jouer du flageolet. Aussi, croisant l'homme un moment après :

– Vous avez de beaux fusils ? lui demandai-je.

– Pour quoi faire ? répondit-il.

Je laissai dormir les éléphants.

Ce Rass avait toujours un crayon à la main. De temps en temps, il tirait une vieille enveloppe de sa poche et, pendant deux ou trois minutes, écrivait dessus.

Impression de voyage ? Non ! Une fois, il me tendit la chose. Je lus :

Un jour que je sortais gaîment
De la cantine
Lorsque j'étais au régiment...
Je vis l'étoile matutine !

Il en faisait une dizaine comme cela chaque après-midi, ramenant tout à des quatrains, à des distiques, même sans la collaboration de Mac Orlan. Un phonographe jouait-il : *Si mes vers avaient des ailes,* de Raynaldo Hahn ? Il composait :

Si les vaches avaient des ailes
On les verrait dans le ciel bleu

Taquiner du bout de leur queue
Le fin museau des hirondelles.

Une heure plus tard il venait vous montrer qu'il avait ajouté un vers. C'était :

Les vaches n'ont que des mamelles.

L'approche du Gabon changea le ton de sa poésie. Il conseillait à tous les jeunes coloniaux de ne pas s'arrêter au Gabon et le quatrain se terminait ainsi :

Reste plutôt toute la vie un vagabond !

Le lendemain *L'Europe* jetait l'ancre devant Libreville. C'était le Gabon.

Rass n'écrivait plus. Du bateau il regardait le pays. Ça ! me dit-il, c'est l'église ; un peu plus haut c'était notre maison et par-derrière : le cimetière.

Il avait habité ici, avec une Gabonaise. Les Gabonaises sont aux gens d'Afrique ce qu'autrefois les Japonaises étaient aux Extrêmes-Orientaux : les petites alliées. On les commande, elles viennent vous trouver au Congo, au Dahomey, plus loin...

– Moi, dit Rass, j'étais dans l'Oubangui-Chari... J'avais envoyé des fonds à un camarade et lui avais dit : expédie-m'en une. Deux mois après, un soir, au club, alors que je ne pensais plus à ça, on vit arriver une fille d'un autre pays, vêtue comme le serait un singe de foire et juchée sur des talons Louis XV. Elle regarda les hommes et dit : « Moi venir trouver Missié Ass.

– Rass ! C'est ta Gabonaise, crièrent les gens du Club.

– Eh bien ! approche », fis-je.

Elle s'avança, me salua et dit : « Voici ton femme. »

Cela commença ainsi et dura huit années. Elles me l'ont empoisonnée.

– Qui ?

– Eh ! les vieilles matrones parce que la petite ne voulait pas quitter son Blanc. Ce fut lent ! Je l'ai vue deux mois durant descendre sa vie. Elle disait : « Je vais mourir, mais je laisserai ton linge bien en ordre. » On n'oublie pas une Gabonaise. Je n'ai jamais remis le pied à Libreville, depuis.

– Débarquez avec moi, Rass, vous me ferez visiter le pays.

– Eh bien ! oui ! Je débarque cette fois !

Les villes coloniales de la côte ressemblent à ces bergeries pour enfants moins les moutons ; quelques maisons mises n'importe où, quelques arbres, quelques personnages. Rass me conduisit tout de suite à l'église. Il n'y avait personne. Nos saints et nos saintes éprouvés sans doute par le climat avaient perdu leurs couleurs. Jusqu'au bleu de la ceinture de Notre-Dame de Lourdes qui était maladivement pâle. Rass négligea les chaises des premiers rangs, gagna l'un des bancs du fond, chercha un peu, s'arrêta et dit : « C'était sa place ! » Et là, debout, casque à la main, il ferma les yeux. Priait-il ? Ses pensées étaient-elles profanes ? De la roulette de Monte-Carlo à cette église sous l'équateur ! L'homme revint sur terre, me rejoignit et dit :

– Aucun médicament n'aurait pu la sauver, aucun ! Pourtant j'ai tout tenté !

Nous quittâmes l'église. Rass m'emmenait vers *leur* maison. Une Gabonaise suivie d'un nègre qui avait l'air de vouloir la placer aux nouveaux débarqués s'en allait sur ses hauts talons, ses jambes noires dans des bas de soie jaune et balançant à travers une robe rose tendre, un corps sinon à vendre, du moins à louer, en tout cas nullement à dédaigner.

– N'y touchez pas ! fit Rass. J'ai trop d'amitié pour vous. Quand on y va on n'en revient plus.

Et comme se parlant à lui-même :

– Elle remontait tous les jours par ce chemin venant du marché à notre maison et quand son porteur déposait ses achats sur la table elle me disait : « Le meilleur du marché pour le meilleur de mon cœur ! » Et les jours du courrier de France ! « Voilà des fleurs de ton pays, murmurait-elle, je sors, pour que tu puisses mieux les respirer. »

Rass ne sentait plus l'écrasante chaleur. Il pressait le pas, marchant à l'assaut de son passe.

– Encore un peu plus haut et c'est *notre* maison, vous allez voir ! Oh ! fit-il, s'arrêtant devant un mur, il était commencé voilà huit ans et il n'est pas encore achevé ! Et se retournant : Voilà ! c'était ici. La petite était à cette fenêtre toujours, et, me voyant venir, elle me criait de loin : *Vao ! Vao !* Cela ne voulait rien dire, c'était un cri à elle.

Une vieille négresse attirée par le bruit des voix mit sa tête grise à l'une des fenêtres. Rass demeura figé en la voyant.

– Et de plus, fit-il, *elles* ont occupé la maison !

– Bonjou ! Missié Ass, bienvenue !

– Alors, c'était pour avoir la maison, vieille sorcière ?

– Bienvenue

– Vieille guenon !

– Ti peux entrer si ti veux.

– Vieille corneille !

Redevenant nègre de la côte, Rass cracha pour mieux ponctuer son mépris.

– Alors, *Urope* ramène-toi ?

Rass m'entraîna. Il frissonnait.

– Vous comprenez, je n'étais pas riche, ses tantes – et le vieux magot de la fenêtre, en est une – auraient voulu tirer meilleur parti de la petite. Elles ont comme cela hérité de la maison et des frusques. Mais qu'ont-elles bien pu lui faire avaler ?

– Ah ! ti vas au cimetière ?

La vieille, de ce cri, accompagnait notre marche.

– Y va au cimetière ! Au cimetière ! Au cimetière !

– Voyez-vous, fit Rass, le nègre ou c'est à protéger ou c'est à étrangler !

La promenade était pénible. On n'éprouve aucune volupté à se dégourdir les jambes dans ce pays. J'aurais bien voulu m'asseoir quelque part, et boire, boire. On allait au cimetière.

– Je n'aurais pas dû descendre, disait Rass, maintenant elle m'attire, je vais encore où elle veut. Demandez à tous ceux qui ont eu des Gabonaises, demandez ! Je l'aurais très bien emmenée en France.

On arriva à la terre des morts. Rass chercha *sa tombe*. Il avait bien fait poser des briques autrefois, mais les tornades avaient dû arranger la chose à leur manière...

Il trouva le lieu où dormait son équatoriale. Je m'accroupis sur une tombe voisine.

– Elle n'était pas née sur le littoral mais dans la forêt, rêvait-il tout haut. Il garda pour lui le secret de cette différence.

Comme j'avais l'air fatigué :

– Nous avons fait beaucoup de chemin pour venir la voir au cimetière, elle en avait fait davantage quand elle vint me trouver dans l'Oubangui-Chari.

Un moment passa :

– Voyez ! me dit-il. Elle est encore toute dans ma pensée.

Quelque chose était écrit sur les briques, j'avançais la tête :

À ma Gabonaise

fit Rass, simplement. Il ajouta :

– J'aurais pu faire graver aussi :

Esprit sans ombre, cœur sans mensonge

L'Europe siffla son premier coup. Nous n'étions pas pour le Gabon mais pour le Congo. Je me redressai. Nous filâmes.

Au bas de la côte, à l'entrée du chemin conduisant à l'appontement, un nègre, en nous voyant, leva les bras et courut dans notre direction.

– Ah ! Zean, fit le nègre, s'arrêtant devant Rass.

– Mon petit Pierre, fit Rass, étreignant le nègre. Le nègre expliqua qu'il avait su que *L'Europe* avait amené Rass et que depuis trois heures il le cherchait.

Je les laissai.

La chaloupe de retour s'impatientant, je criai :

– Eh ! Rass ! C'est l'heure.

Le Blanc et le Noir me rejoignirent.

– Fais-moi vinir, disait le Noir à Rass.

Les deux amis se séparèrent.

La chaloupe nous emporta.

– Oui. Sitôt installé, répondit Rass à l'autre, resté à quai. Au revoir, petit Pierre.

– Fais-moi vinir, Zean ! Zean !

Rass ayant cessé d'agiter le bras en son honneur, me dit : « C'était son frère ! »

XXVII

LE DRAME DU *CONGO-OCÉAN*

NOUS Y VOICI. À force d'avancer, l'Afrique a changé de nom. L'équateur est franchi. Ce n'est plus l'A.-O.F., mais l'A.-E.F. La nuit tombante nous voit débarquer à Pointe-Noire. C'est le Congo.

Cette ville future devrait s'appeler Pointe-Silence !

Le wharf finit dans la brousse. Des herbes vous montent jusqu'à la poitrine et l'on va, cherchant un sentier qui, dit-on, existe.

Pointe-Noire n'est pas encore ouvert au public. Les voyageurs pour le Congo ne descendent pas là. Ils continuent sur le bateau jusqu'à Matadi, chez les Belges, qui, eux, ont fait un chemin de fer. Les

Français, à travers le territoire de nos amis, gagneront le Congo français.

Pointe-Noire sera notre port de demain.

Demain, cinq cent deux kilomètres de voie ferrée relieront Brazzaville, notre capitale, à Pointe-Noire, notre débouché.

Demain !

Mais aujourd'hui ?

Aujourd'hui il faut parler. La France a le droit de savoir. Un drame se joue ici. Il a pour titre *Congo-Océan*.

Après des années d'un long sommeil, l'Afrique-Équatoriale française entendit un homme lui crier : « Debout ! » Cet homme s'appelait Victor Augagneur. Ayant constaté que notre empire se mourait, étouffé, le proconsul décida de trancher la gorge de l'Afrique, de Brazzaville à Pointe-Noire, pour lui passer le chemin de fer libérateur.

M. Victor Augagneur n'eut que le temps de dire et non celui d'agir. Il revint en France.

M. Antonetti lui succéda. Le nouveau proconsul ausculta le malade. Ayant jugé l'intervention indispensable, il releva ses manches et commença.

De quelle sorte d'homme était M. Antonetti ? De la meilleure. Vif d'intelligence, rapide en décisions, stimulé et non pas écrasé par la grandeur d'une tâche. Il arrivait précédé et suivi de sa réussite en Côte d'Ivoire où, bâtisseur d'Abidjan, perceur de forêts, il avait, contre la nature, ouvert un pays à l'activité des Blancs. Pour réveiller le palais de la Belle au bois dormant, pouvait-on choisir plus fringant chevalier ? Je ne dis pas cela pour faire plaisir à M. Antonetti. Le plus grand plaisir qu'on lui pourrait faire serait de le laisser en paix. Mais son cas illustre le drame. On va le voir.

Il est peu d'écrire que l'Afrique-Équatoriale dormait. Elle ronflait. C'était un concert général de gorges et de narines ! La France était si loin que ses enfants pouvaient s'en payer sans crainte de la réveiller. Ce n'était pas une paix armée, mais une paix sonnante. On entendait du bruit, sans voir aucune agitation. C'était le grand tam-tam des sommeilleux !

M. Antonetti, reprenant le cri de M. Augagneur, lança : « Debout ! »

Alors chacun remua un membre, se frotta les yeux et, dans un demi-sommeil, se leva.

– On va faire le chemin de fer, continua M. Antonetti. M'avez-vous bien compris ?

Tout le monde dormant à moitié, personne n'avait compris.

Voyant cependant ses collaborateurs sur leurs pieds, M. Antonetti commanda : « En route ! »

Ce furent des somnambules qui obéirent !

L'Afrique-Équatoriale française est comme une maison dépourvue de tout, qui n'aurait que ses murs et rien à l'intérieur, ni mobilier, ni eau, ni gaz, quelques vieilles chaises cassées seulement. Quand une maison doit devenir utile, on la meuble ! On n'équipa pas le pays. Imaginez-vous que M. Antonetti ait dit : « Il faut faire du pain ! » et que les boulangers, n'ayant pas de farine et pour avoir l'air d'obéir, se soient mis à brasser dans le vide ! Pour amener la main-d'œuvre jusqu'à Brazzaville, la seule voie étant d'eau, il eût fallu des bateaux. Pas de bateaux ! De Brazzaville à la tête du chantier, on aurait dû commencer par tracer la route. Au début, pas de route ! C'était une veine ! Du moment que la route était absente, les camions devenaient inutiles ! Quant aux nègres on oublia que ces gens avaient un estomac, quel estomac même ! Pas de dépôt de vivres ! Qu'ils avaient aussi des bronches et que la bronchite guette toujours d'un œil attentif les hommes nus. Pas de couvertures !

M. Antonetti fit remarquer l'état des lieux. Les gérants s'étonnèrent d'une semblable naïveté et répondirent, avec l'assurance que vous donne une vie jusqu'ici tranquille, que tout était bien pour la clientèle.

On attaqua.

Un contrat fut passé avec une compagnie de travaux publics. On lui donnerait huit mille hommes, elle assurerait l'entreprise. Cette compagnie s'appelait les Batignolles.

Du Congo à la Sanga, de la Sanga au Chari on se serait cru dès lors entre la place Clichy et la place

Villiers : on n'entendait plus parler que des Batignolles !

Au Moyen-Logone, au Moyen-Chari, au Dar-el-Koutti, dans la Haute-Kato, au Bas-Bomou, du Gribingui à l'Oubangui, au Pool, le nom si parisien tomba et rebondit.

Des Bakotas, des Bayas, des Linfondos, des Saras, des Bandas, des Lisangos, des Mabakas, des Zindès, des Loangos furent arrachés à leur contemplation et envoyés « aux Batignolles » !...

C'était un voyage fort excentrique. Les recrutés embarquaient sur des chalands, contemporains de notre conquête. Dans ce pays, les chalands, n'étant point faits pour le transport des hommes mais pour celui des marchandises, avaient le dos rond. Trois cents par trois cents, quatre cents par quatre cents, on entassait la cargaison humaine dessous et dessus. Les voyageurs de l'intérieur étouffaient, ceux du plein air ne pouvaient se tenir ni debout ni assis. De plus, n'ayant pas les pieds prenants, chaque jour – et la descente jusqu'à Brazzaville durait de quinze à vingt jours – il en glissait un ou deux dans le Chari, dans la Sanga ou dans le Congo. Le chaland continuait. S'il eût fallu repêcher tous les noyés !... Le chaland abordait-il ? Les branches des palétuviens fauchaient au passage les plus hauts perchés. Pas un abri. Quinze jours sur un toit rond. Le soleil, la pluie. Et comme la vapeur chauffait au bois, les escarbilles, traitement préventif, leur faisant sur la peau de salutaires pointes de feu !

Et c'était Brazzaville. Sur trois cents, il en arrivait deux cent soixante, parfois deux cent quatre-vingts ! Là ? Eh bien ! ils restaient sur la berge ! On n'avait pas encore prévu de camp. On pensait bien à cela en ce moment ! Les sommeilleux piqués par Antonetti étaient trop occupés à se frotter les yeux. Tout participait encore de la confusion des songes.

Les survivants reformaient le troupeau. La course à pied allait commencer. On avait choisi les plus beaux hommes, au début. La bête était bonne, et ne flanchait qu'à la dernière minute. Et les capitas, sans trop grand danger, pouvaient éprouver la solidité des peaux. Quant à celle des pieds, personne n'en doutait.

Ne pouvait-on procéder d'une autre manière ? Si.

La sagesse, la juste compréhension de l'effort à fournir eussent commandé de mettre ces hommes sur le chemin de fer belge, ensuite, arrivés à Matadi, sur un bateau français, moyen qui les eût, en trois jours, amenés « aux Batignolles », c'est-à-dire à Pointe-Noire, bout de la « machine ». Non ! Ils iraient à pied ! On ne comptait qu'avec le temps et non avec la vie. Trente jours de plus n'étaient peut-être pas une affaire, mais sur deux cent soixante hommes, soixante de moins auraient dû en paraître une.

Et le troupeau prenait la brousse, traversait les marigots, gagnait le Mayombe, forêt cruelle. Les vivres précédaient-ils les voyageurs ? Une fois sur deux. Les suivaient-ils ? Pas davantage ! En tout cas, s'ils les suivaient, ils ne les rattrapaient jamais ! Les convois attendaient en vain le mil et le poisson salé. Trouvaient-ils parfois des magasins de vivres ? Le gardien n'avait pas le droit de leur donner à manger, le règlement de marche n'ayant pas prévu que les travailleurs dussent avoir faim à cette étape. « Faim ! Faim ! » ce mot tragique montait tout le long de la route. En quittant Brazzaville, chaque homme avait bien touché dix francs. Avec ces dix francs, l'administration estimait qu'il pouvait marcher des jours sans avoir faim ! Pauvre Saras ! À la sortie de la capitale, un avisé marchand leur avait échangé le billet contre un peigne de fer ! Savaient-ils, eux qui ne savaient rien, qu'ils ne seraient pas nourris le lendemain ? Or le nègre ne mange pas encore le fer ! Aussi était-ce un surprenant spectacle. Sur dix kilomètres, le convoi n'était plus qu'un long serpent blessé, perdant ses anneaux, Bayas écroulés, Zindès se traînant sur un pied, et capitas les rameutant à la chicotte.

Il en arrivait tout de même !

J'ai vu construire des chemins de fer ; on rencontrait du matériel sur les chantiers. Ici, que du nègre ! Le nègre remplaçait la machine, le camion, la grue ; pourquoi pas l'explosif aussi ?

Pour porter les barils de ciment de cent trois kilos « les Batignolles » n'avaient pour tout matériel qu'un bâton et la tête de deux nègres ! Cependant, j'ai découvert sur ces chantiers modernes d'importants instruments : le marteau et la barre à mine, par exemple. Dans le Mayombe, nous perçons les tunnels avec *un* marteau et *une* barre à mine !

Épuisés, maltraités par les capitas, loin de toute surveillance européenne (Monsieur le ministre des Colonies, j'ai pris à votre intention quelques photographies, vous ne les trouverez pas dans les films de propagande), blessés, amaigris, désolés, les nègres mouraient en masse.

Au Moyen-Logone, au Moyen-Chari, au Dar-el-Koutti, dans la Haute-Kato, au Bas-Bomou, dans les régions du Gribingui, d'Ouaka, d'Ouham, dans la Haute-Sanga, dans le Bas-Bangui, dans la N'Goko Sanga, de l'Oubangui au Pool, maris, frères, fils, ne revenaient pas.

C'était la grande fonte des nègres !

Les huit mille hommes promis aux « Batignolles » ne furent bientôt plus que cinq mille, puis quatre mille, puis deux mille. Puis dix-sept cents ! Il fallut remplacer les morts, recruter derechef. À ce moment, que se passa-t-il ?

Ceci : dès qu'un Blanc se mettait en route, un même cri se répandait : *« La machine ! »* Tous les nègres savaient que le Blanc venait chercher des hommes pour le chemin de fer ; ils fuyaient. « Vous-mêmes, disaient-ils à nos missionnaires, vous nous avez appris qu'il ne fallait pas nous suicider. Or aller à la *machine* c'est courir à la mort. » Ils gagnaient les bois, les bords du Tchad, le Congo belge, l'Angola. Là où jadis habitaient des hommes, nos recruteurs ne trouvaient plus que des chimpanzés. Pour l'honneur de la race humaine, pouvait-on construire *Le Congo-Océan* avec des chimpanzés ? Nous nous mettions à la poursuite des fugitifs. Nos tirailleurs les attrapaient au vol, au lasso, comme ils pouvaient ! Ils les canguaient ! ainsi que l'on dit ici. On en arriva aux représailles. Des villages entiers furent *punis*. Quelques-uns cependant échappèrent à ces rigueurs, des commandants blancs de ces régions ayant épousé la cause de ces Noirs contre les Blancs de Brazzaville ! Une autre fois, un chef noir se pendit plutôt que d'obéir à l'ordre de recruter pour la *machine*. Enfin, pour masquer le dépeuplement, on parla de rectifier la frontière de l'Oubangui-Chari !

Le matériel humain recruté dans ces conditions n'était plus de première qualité. Comme les moyens de transport et de ravitaillement n'avaient pas été améliorés, le déchet augmenta. Les chalands auraient pu s'appeler des corbillards et les chantiers des fosses communes. Le détachement de Gribingui perdait soixante-quinze pour cent de son effectif. Celui de la Likouala-Mossaka, comprenant mille deux cent cinquante hommes, n'en vit revenir que quatre cent vingt-neuf. D'Ouesso, sur la Sanga, cent soixante-quatorze hommes furent mis en route. Quatre-vingts arrivèrent à Brazzaville, soixante-neuf sur le chantier. Trois mois après, il en restait trente-six.

Pour les autres convois, la mortalité était dans ces proportions.

« Il faut accepter le sacrifice de six à huit mille hommes, disait M. Antonetti, ou renoncer au chemin de fer. »

Le sacrifice fut plus considérable.

À ce jour, cependant, il ne dépasse pas dix-sept mille. Et il ne nous reste plus que trois cents kilomètres de voie ferrée à construire !

XXVIII

POINTE-NOIRE ! Assez noire !

Un Portugais, un Pétruquet, comme disent les nègres, a construit là un petit kiosque, c'est l'hôtel, le restaurant, c'est tout ! C'est la tente des naufragés.

Un phonographe, les soirs, verse du « remontant » aux pensionnaires : commerçants attirés par la main-d'œuvre, chefs de chantier, tous écrasés par l'équateur et la solitude.

C'est la colonie au premier âge. Pointe-Noire n'existe encore qu'en espérance. Pointe-Noire *aura* cent mille habitants. Pointe-Noire *débitera* trois mille mètres cubes d'eau par jour. Pointe-Noire *possèdera* huit grues et *pourra* manipuler cent cinquante mille tonnes par an. Pointe-Noire ne *sera* pas seulement le port du Congo, mais celui de l'Afrique centrale. Belges et Anglais *seront* forcés, par la loi du plus court, de passer par Pointe-Noire. Les trésors du Cap, ceux du Katanga *déboucheront* à Pointe-Noire pour gagner New York en vitesse ! Espérons qu'un peu de cette richesse prendra aussi le chemin de France !

Pour l'heure, Pointe-Noire a surtout un phare, un hôpital et une douane. Tout ce qu'il faut pour attirer les voyageurs ! Le jour où la terre ne comptera plus qu'un homme, ce sera d'ailleurs un douanier !

Autour de l'abri du Pétruquet, les pionniers vivent sous le phare. Ils parlent de Paris, ce qui prouve que le moral est bas. Dès que deux coloniaux discutent sur le nombre de kiosques plantés entre la Madeleine et l'Opéra, c'est que le cafard est en bonne santé ! Le phare tourne, le cafard tourne, le phonographe tourne. Seul l'air est immobile !

– Monsieur vient pour le chemin de fer, me dit le Pétruquet, Monsieur aura une chambre, Monsieur aura une lampe-tempête, Monsieur aura toutes les liqueurs françaises : du champagne, du…

– Pose donc plutôt des volets à tes chambres, fait un colon, on ne peut fermer l'œil, avec ton phare !

– Mon phare ? Le phare de la France, le phare du grand port de l'Afrique centrale !

Les consommateurs éclatèrent de rire.

L'un m'attaqua :

– Monsieur, cher collègue, je ne sais ce qui vous attire ici. Peut-être aimez vous ce qui tourne, alors, vous ferez comme nous, vous tournerez en bourrique ! Pour moi, je n'en ai plus écrit à ma mère depuis six mois ! C'est comme ça ! Mais puisque vous débarquez, peut-être pourrez-vous nous dire le nombre de kiosques entre la Madeleine et l'Opéra, sur le trottoir de droite ? Moi je dis quatre !

– Trois ! trancha le voisin.

J'affirmai que passant sur le trottoir de gauche, je ne savais pas.

Le Pétruquet s'assit avec nous et vanta notre sort.

– Messieurs, disait-il, les pays c'est comme les métiers, plus ils sont sales, plus ils enrichissent.

– Plus ils enrichissent les Pétruquets ! Encore ce phare ! On en devient fou. Apporte du champagne en attendant que le chemin de fer soit fini.

Fatigué, l'homme avait laissé tomber sa tête :

– Soit fini ! répétait-il amèrement. Soit fini !

Deux jours plus tard, j'eus *mes* porteurs. De Pointe-Noire j'allais gagner Brazzaville et voir comment on construisait le chemin de fer. Cinq cent deux kilomètres en perspective. Les soixante-dix-sept premiers iront tout seuls, la voie est posée, le train roule, il arrive à l'entrée du Mayombe, qui est une bien grande garce de forêt tropicale. À travers elle, de tout temps, a passé le fameux sentier appelé route des caravanes et réunissant le fleuve Congo à l'Atlantique. Marchand le prit lors de sa grande affaire !

Du Mayombe, il restera trois cent deux kilomètres avant de gagner Mindouli, tête de l'autre tronçon de chemin de fer. Là, nous trouverons soixante kilomètres de voie privée appartenant à la compagnie des mines, ces soixante kilomètres nous conduiront à la borne 65, où, de Brazzaville, la colonie a fini par amener son rail.

Six heures du matin. Mes vingt-sept Loangos sont là. Le tirailleur leur sert du mil dans leur calebasse. Ils ne sont pas grands, pas forts. C'est moi qui devrais les porter ! Ils chargent les caisses de conserves sur leur tête, ils présentent le tipoye. C'est la première fois que je monte dans un instrument de cette sorte. J'ai tout de suite la sensation que ce n'est pas un lit de roses. Les porteurs posent le brancard sur leur tête. Je comprends pourquoi ces hommes ont été choisis de petite taille : c'est pour éviter le vertige aux clients ! Et les voilà qui trottent. Quant à moi, assis au-dessus d'eux, dans mon bain de siège, mes jambes pendent comme celles d'un pantin et mon torse, de haut en bas, s'anime comme un piston en folie. Heureusement qu'il ne me sera pas interdit de me servir de mes pieds !

Mon équipage arrive à la « Machine ». Mes vingt-sept compagnons inconnus se casent comme ils peuvent dans des wagons pleins de rails. Quant au compartiment des Blancs, il est à bestiaux ! Si l'on veut s'y asseoir, on doit apporter sa chaise. Ils sont quatre Blancs déjà, dans « l'étable ». Le train part. J'ai vite appris quels étaient ces voyageurs. Celui qui n'avait pas l'air d'être malade était anglais et coupeur de bois pour le compte des « Batignolles ». Il lisait un vieux *Daily Mail* ayant servi à faire des paquets. Le journal n'était pas complet. Quand l'article qu'il suivait finissait dans une déchirure, l'Anglais grognait. Il me demanda si je m'y connaissais en bois. Je répondis que non. Alors il se leva, me tendit sa main et dit : « Serrez ! Serrez ! » J'ai cru comprendre qu'il désirait me féliciter d'une telle ignorance. Il dit encore : « Chemin dé fer ? Non ! Chemin dé nègres, oui ! » exprimant sans doute par là que, sur la route, je trouverais couchés plus de nègres que de traverses. Puis, d'une caisse, il sortit des boîtes de conserves et mangea. Le deuxième était un Italien, maigre, malade, à qui il manquait deux doigts à la main droite. Le troisième était un Français, malade, maigre, à qui il manquait un doigt à la main gauche et deux à la droite. Le quatrième était un docteur à quatre galons allant constater les décès. L'Italien revenait de « son » procès à Pointe-Noire et regagnait son poste au kilomètre 81, dans le Mayombe.

– Sait-on quand on a tué un Noir ? me disait-il. Ces procès ne peuvent pas aboutir. Tous les Noirs sont prêts à être tués, puisqu'ils ne tiennent plus debout. Ils sont comme moi. Dans quelques jours, quand je n'y serai plus, accusera-t-on mon chef de m'avoir tué sous prétexte que j'aurai attrapé mon mal sur le chantier ? Ces procès sont bêtes. On ne tape pas sur les nègres pour les tuer mais pour les faire travailler. Tuer ? Tuer ? Quand ma lampe-tempête est à bout de pétrole elle s'éteint ; si je souffle dessus, la flamme dure moins. J'ai soufflé sur un nègre, je ne l'ai pas tué. D'ailleurs, je suis acquitté.

Le Français n'avait pas encore de situation. Il s'en allait à Brazzaville à pied.

– Faites une commission pour moi, me demanda-t-il. Voyez le médecin-chef et dites-lui qu'il réserve un lit à l'hôpital pour Ménin. Il ne sera pas épaté, il me connaît.

Le train stoppa au bout du rail. On descendit entre le kilomètre 77 et le kilomètre 78, face aux magasins de barils de ciment. Les Saras y travaillaient. Sur dix, six ou sept étaient bien ; on voyait le squelette des autres. Un désordre génial marquait ce premier chantier. On n'entendait que crier. Un Italien, plus malade que les nègres, hurlait : « Salauds ! Cochons ! » Les capitas répétaient les insultes comme un écho. Deux Saras ayant déposé le baril de ciment, un capita les calotta. Ils reprirent la charge. Cent mètres plus loin, ils la reposèrent, un second capita les recalotta. De calotte en calotte, le ciment atteignit le kilomètre 80.

Les Saras ont une houppe sur la tête, des marques violines dessinent sur leur figure la forme de la coiffure égyptienne, et des tresses de chair pendent sur leurs joues. Ils sont de très grands gaillards (ce qui fait un squelette beaucoup plus impressionnant). La désolation de leur état me parut sans nom. Ils se traînent le long de la voie comme des fantômes nostalgiques. Les cris, les calottes ne les raniment pas. On croirait que, rêvant à leur lointain Oubangui, ils cherchent en tâtonnant l'entrée d'un cimetière !

Voilà le Mayombe. Ce soir, nous devons y coucher. Il faut atteindre avant la nuit le kilomètre 82. Là, il y a une case, paraît-il. Je prends place dans mon bain de siège. Les tipoyeurs vont. Soudain, ils quittent la voie et s'enfoncent sous des arbres dont je n'ai jamais vu les pareils. La forêt nous a happé comme un tunnel.

Frisson. Puis le silence se prolongeant comme un son. La nuit vient. Là-haut, j'aperçois la case ligotée par les lianes. Je ne suis pas seul à marcher vers elle ; devant moi, un homme, harassé, y monte aussi. Je le rattrape, le regarde. On croirait que deux Blancs se rencontrant dans le Mayombe vont s'embrasser ? Il ne me dit rien.

– Je vais à la case, dis-je.

Il répond :

– C'est ma case, vous pourrez y mettre votre lit.

Il entre. J'entre. Il appelle :

– Boy ! Boy ! Ma soupe !

Le boy lui présente une casserole. Il s'assied sur la marche et mange.

– Voulez-vous des conserves ? lui dis-je.

– J'ai deux biches qui pourrissent, répond-il, elles ne me tentent pas.

– Alors, du vin ?

– Non !

– Vous êtes malade ?

– Je suis malade, les nègres sont malades, le chemin de fer est malade, le bon Dieu, s'il venait sur les chantiers, serait malade !

Il finit sa soupe, se leva et, passant devant moi, me dit d'un ton furieux :

– Oui, on est malade !

Il disparut, et j'entendis son corps tomber sur son lit Picot, comme un plomb. Au matin, je repartis. Il me faudra trois jours à raison de vingt-cinq kilomètres pour sortir du Mayombe. Mon équipe va bien. Chaque fois que je descends, le tirailleur veut me faire remonter dans le tipoye. Il me demande des cartouches, comme si j'avais une tête à posséder des choses pareilles ! Et puis pour quoi faire ? La mort a-t-elle besoin d'auxiliaire par ici ? Elle me semble se débrouiller fort bien toute seule ! Nous suivons la route des caravanes. Le sol est mou. Les porteurs y laissent la trace de leurs cinq doigts de pied. Parfois, les tipoyeurs de devant ralentissent. Alors l'un qui porte derrière et qui sans doute est pressé dit : « Chicotte ! Chicotte ! » Le mot agit ; les hommes de trait rient et, aiguillonnés, vont plus vite.

Le Blanc, en général, fait plus de chemin à pied qu'en tipoye. On descend aux montées, sur les pentes savonneuses, mais on regrimpe dans l'appareil pour traverser les marigots. Les porteurs changent souvent le brancard d'épaule. Ils le mettent aussi sur leur tête. Quand la chair d'une épaule est arrachée, l'homme montre la marque au tirailleur. Ainsi fit l'un de mes hommes. Si mon tirailleur n'avait pas de cartouches, il avait une main. Sans doute jugea-t-il l'épaule encore en assez bon état : il répondit par une gifle dont le Mayombe retentit.

Je changeai de porteurs, au grand émoi de la discipline, et, dominé par la splendeur criminelle de la forêt, j'allai. De temps en temps, mes esclaves faisaient : « Hi ! Hi ! », hennissant comme s'ils avaient été des chevaux s'encourageant entre eux dans une montée

J'arrivai au sentier de fer.

La glaise était une terre anthropométrique ; on n'y voyait que des empreintes de doigts de pied. Là, trois cents nègres des « Batignolles » frappaient des rochers à coups de marteau. C'était la grande hurle. Des capitas transmettaient des ordres idiots avec fureur, commandant à la fois d'attaquer et de s'immobiliser, de monter et de descendre, le tout scandé des ordinaires : « Allez ! Saras, allez ! » Les contremaîtres blancs étaient des Piémontais, des Toscans, des Calabrais, des Russes, des Polonais, des Portugais. Ce n'était plus *Le Congo-Océan*, mais *Le Congo-Babel.* Les capitas et les miliciens tapaient sur les Saras à tour de bras. Et les Saras, comme par réflexe, tapaient alors sur les rochers !

– Saras ! Saras ! Allez ! Allez ! Saras ! Saras !

Les Saras me regardaient avec des yeux de chiens souffrants comme si je leur apportais de l'huile pour adoucir les brûlures de leur dos !

– Saras ! Saras !

Le cri m'accompagna un certain temps, puis la forêt étouffa tout.

Et j'arrivai à la montagne de savon. Pendant trois heures j'allais me comporter ainsi que la pierre de Sisyphe. Tous les cent mètres je glissais et, après avoir tourné comme une toupie ivre, interrompant mon ascension, je piquais du nez ou je m'étalais sur le dos. Pour faciliter la tâche je me déchaussais. Hélas, la plante de mes pieds ne valait pas mieux que la semelle de mes brodequins. Mais eux, les porteurs, montaient toujours avec trente kilos sur la tête, les doigts de pieds habiles, le buste droit. Leur fatigue ne se voyait pas. Le nègre est une extraordinaire machine, dure à la peine et fragile à la bise.

On atteignit le sommet. On redescendit.

– Saras ! Saras !

Le cri ne me poursuivait pas. La forêt parlait de nouveau. Deux cents nègres, sur le sentier même, étaient accroupis le long d'un gros arbre abattu. C'était une pile de pont. Ni cordes ni courroies, les mains des nègres seulement pour tout matériel. La pile n'avançait pas. Comme chefs : deux miliciens, trois capitas, pas un Blanc.

– Coucez ! Coucez ! (couchez) hurlaient les gradés.

De chaque côté de l'arbre, cent nègres étaient courbés.

– Les mains ! Les mains !

Ils mettaient les mains sous la pile.

Un milicien comptait : « Oune ! doé ! toâ ! » et, pris soudain d'un accès d'hystérie, possédé par le démon de la sottise, il courait sur cette pile qu'il voulait qu'on soulevât et cinglait les pauvres dos courbés. Les dos ne bronchaient pas.

– Hellé ! Hellé ! Hi ! Ah ! Ah ! Ria ! Ria ! Pousso ! Pousso !

L'arbre ne faisait pas un mètre.

Le milicien tapait plus fort.

Subitement, sans doute pour venir au secours de ses frères, un des Saras se détacha du lot, arracha une touffe d'herbes, la déchiqueta furieusement des dents et des mains, et, une sauvage chanson à la bouche, se baissant, se levant, se rebaissant, se relevant, fit ainsi, un grand moment le simulacre de soulever la pile.

– Ria ! Ria ! Pousso ! Pousso !

La pile ne bougeant pas davantage, les capitas se ruèrent sur les hommes nus. Ils les frappèrent avec les pieds, avec les poings. Aucun ne protestait. Sous la douleur, l'un se redressa cependant, et prit sa hanche dans sa main. Il y eut un temps d'arrêt et la danse recommença. Alors, quatre Noirs quittèrent la pile et vinrent vers moi, me montrant des doigts écrasés. Deux autres avaient la figure ensanglantée par la chicotte. Un septième une blessure au cou.

Cette méthode n'aboutissait qu'à des hurlements et à des plaies. Je fis arrêter le travail du seul droit que j'étais blanc. Et je signai sept bons pour l'hôpital, du moins ce que l'on appelle ainsi, comme si j'avais été médecin !

– Ah ! me disaient les Saras d'une voix si lasse, toujou hôpital !

Cela eut lieu le 22 avril, entre onze heures et midi, sur la route des caravanes, après avoir passé la montagne de Savon, deux kilomètres avant M'Vouti.

XXIX

MES NÈGRES poussaient des cris de joie. Le malheur des Saras et des Bandas ne les touchait pas. Eux étaient des Loangos. De race à race le peuple noir se déteste. Un Sara est un chien pour un Loango. J'avais atteint Missafo. Missafo, un hangar où l'on peut s'abriter sur la route des caravanes. La peine de mes hommes était finie. Un camion allait venir me prendre.

On l'attendit quatre heures. Les guêpes, nous confondant avec des fleurs, venaient nous butiner. Que ceux qui mangeront du miel du Mayombe m'en donnent au moins des nouvelles !

Le camion parut. Un Blanc sauta sur le sol. Il était petit et aussi vif que pâle.

– Ce sont vos porteurs ? fit-il.

Et, s'adressant à eux : « Allez ! fit-il. En route sur Montzi. »

Un par un, les Loangos qui avaient poussé des cris de joie en voyant arriver le camion libérateur, se défilèrent. Le Blanc jeta son imperméable et courut à toutes jambes pour leur couper la retraite. Les contreforts du Mayombe résonnèrent de mots bien français. Sous la voix et le regard du Blanc, les vingt-sept Loangos, comme des chiens qui viennent se faire battre, rejoignirent le hangar.

– C'est une occasion, dit mon compatriote. Un Blanc est en panne chez moi depuis dix jours, et de plus tous mes Noirs claquent à Montzi. Je n'ai pas de médicaments. Il en manque partout, alors dès qu'une caisse part pour un poste, les autres postes la visitent et il n'arrive plus que du coton ! Ils vont transporter mon Blanc et mes moribonds à M'Vouti. Voyez-vous, un nègre, ça se fane comme une fleur ! Le soir, il est en bonne santé, le lendemain il tremble ; le troisième jour, il déraisonne ; le quatrième c'est fini ! Moi je crois que tous meurent d'ennui ou de méningite. En tout cas, j'en ai assez ! Le matin, je fais l'appel. Ils répondent : « Malades ! » Je touche leur front. Mais je n'y connais rien ; je ne suis pas médecin ; je les envoie au travail à coup de pied dans le... Ils tombent sur le chantier. C'est moi qui ai l'air de les avoir tués ! Voulez-vous filer sur Montzi ! crapules ! cria-t-il à mes porteurs.

– Vous savez, lui dis-je, je n'ai engagé et payé ces hommes que jusqu'à Missafo.

– Je m'en fous bien ! Tirailleur ! Je te rends responsable ; si dans deux heures les Loangos ne sont pas à Montzi, tu auras de mes nouvelles !

Un squelette à ce moment apparut sur la route, s'aidant d'un long bâton pour avancer.

– Tenez ! Regardez celui qui descend, c'est un des miens. Je l'expédie à l'infirmerie de M'Vouti. Il ne survivra pas. C'est déjà un fantôme. Que voulez vous que j'y fasse ? Pour moi, c'est la méningite. Ils deviennent tous fous.

Mettons que les nègres soient atteints de la maladie de la « Machine » ! Nous connaissions la récurrente, le vomito negro, la bilieuse. Entre Pointe-Noire et Brazzavile vient d'éclater la « machinite » ! Ils maigrissent, se dessèchent, perdent la raison et s'affaissent. La pioche semble peser cent kilos dans la main des Saras. Seul le poids de l'instrument égratigne la terre. Eux n'ont plus de force à y joindre ! Des terrassiers ? Non ! Des automates au bout de leur ressort !

Nous avions tous gagné Montzi.

En effet, l'état de la santé publique n'était pas remarquable. Le grand air, ici, sentait l'hôpital. Dans dix sacs on coucha dix Saras chancelants. On accrocha ces sacs à un bâton. On chargea chaque bâton sur l'épaule de deux Loangos. Les moribonds partirent ainsi vers M'Vouti. Ce devoir accompli, on commençait à ouvrir les boîtes de conserve quand le *tiraillour* se présenta à l'entrée de la case.

– Commandant ! Loangos foutu Saras par terre, Loangos cavalés, moi rendre compte !

Le tirailleur avait dit vrai. Nos porteurs avaient balancé les moribonds dans le premier fossé. Les pauvres Saras geignaient les uns sur les autres. Celui de dessous était mort. La vie des survivants était toute dans le blanc de leurs yeux. Putain d'Afrique !

XXX

L'ÉQUATEUR ne passe pas rue Oudinot. Cependant quelques nouvelles du *Congo-Océan* parvinrent jusqu'au ministère des Colonies. Aussi un homme me précéda-t-il de quelques jours sur la route de Pointe-Noire à Brazzaville. Il s'appelait M. Lasnet, et exerçait la profession d'inspecteur général du service de santé. Monsieur l'inspecteur général, vous avez certainement manqué un beau spectacle. On l'avait organisé spécialement pour vous. Vous veniez sur la foi des méchants qui prétendaient que les nègres mouraient sur les chantiers des « Batignolles » ? On allait vous montrer comment on les traitait.

Le jour où vous débarquiez à Pointe-Noire, des

détachements modèles se formaient à Brazzaville. En même temps, les chefs de chantier du Mayombe cachaient les malingres dans la forêt. On choisit les plus beaux mâles en attente à Brazza. Chacun fut revêtu d'un costume kaki que, depuis huit jours, on confectionnait en hâte. On leur donna une couverture d'un kilo cinq cents grammes, une musette garnie d'une assiette, d'une cuiller, d'un paquet de thé ! Puis un savon et une serviette. Pour que la serviette n'échappât pas à vos regards, on ne la mit pas dans la musette, mais dessus. À sept heures du matin, ils prirent le train : wagon couvert. Frais et luisants, ils arrivèrent au kilomètre 92. Ils dormirent à Goma-Biolo. Le lendemain, petite étape de vingt-six kilomètres jusqu'à Mindouli. À Mindouli, deux jours de repos. Là, quatorze camionnettes attendaient. Chaque camionnette prit six nègres. Et le premier détachement, quatre-vingt-quatre hommes, partit à votre rencontre, chaque homme ayant reçu un repas froid : boîtes de pâté, sardines. Il ne leur manquait qu'une bouillotte sous les pieds et un bon cigare ! Il est vrai qu'ils fumaient le thé ! À quatre heures, ils arrivaient à Madingou, où un repas chaud, sous la surveillance d'une dame blanche, était préparé. C'est là, monsieur l'inspecteur général, que vous deviez les rencontrer.

Où étiez-vous ? Quel sentier aviez-vous emprunté ? Vous n'avez pas croisé la belle cavalcade. Le sergent-tirailleur, qui en était le guide, en meurt de désespoir. Quatre jours après, il vous cherchait encore à la sortie du Mayombe. Il m'a pris pour vous ! Je le vois encore si joyeux, me tombant dessus, et m'appelant : mon grand commandant général !

– Tu cherches M. Lasnet, lui dis-je.

– Lassinet ! Oui, le grand général Lassinet !

– Mon vieux, il est déjà à Brazzaville.

Il en laissa choir son garde-à-vous !

– Moi, foutu ! Moi, crapule ! Moi, plus jamais médaillé ! fit-il.

Je continuai la route. Après le Mayombe, je n'avais plus rien à voir. Sur plus de trois cents kilomètres, les travaux ne sont pas encore amorcés. Le drame du *Congo-Océan*, qui commence au Tchad et dans l'Oubangui-Chari, vient se dénouer dans le Mayombe.

Je revoyais tout. Les Blancs épuisés, dont la seule affaire était de finir leur contrat. Aucun n'avait pu me parler longtemps, on aurait dit que le souffle leur manquait. À mes demandes, ils répondaient par un geste las. Ils étaient des hommes à bout de résistance. La forêt tropicale les avait minés. Ils ne souriaient que lorsque l'on parlait de l'achèvement de la ligne. Et quand je disais qu'il fallait pourtant que le chemin de fer se fît, ils répondaient : « Pas par nous ! »

Je revoyais le désarroi des chantiers, la petite

barre à mine attaquant les rochers géants, les Saras ne pouvant plus soulever la pelletée de terre ; les contremaîtres noirs impitoyables, et le chef du chantier, sa soupe avalée, tombant d'un bloc sur la toile tendue qui lui servait de lit.

J'entendais les cris sauvages des furieux capitas, les « Ria-ria ! Pousso ! Pousso ! » les « Allez ! Saras ! Allez ! Allez ! » et je revoyais les Saras, les Zindès et les Bayas n'ayant plus la force de pousser s'en aller mourir dans la forêt.

Je revoyais le directeur de la compagnie des « Batignolles » hausser les épaules dans sa maison de Pointe-Noire et je l'entendais fixant la date de l'inauguration du *Congo-Océan*, après la mort de son successeur, « encore, disait-il, s'il vient ici très jeune et que l'on ait changé de méthode ».

Je pensais qu'entre octobre 1926 et décembre 1927, trente mille Noirs avaient traversé Brazzaville « pour la machine », et que l'on n'en rencontrait que mille sept cents entre le fleuve et l'Océan !

Je me répétais que, de l'autre côté, les Belges venaient de construire mille deux cents kilomètres de chemin de fer en trois ans, avec des pertes ne dépassant pas trois mille morts, et que chez nous, pour cent quarante kilomètres, il avait fallu dix-sept mille cadavres !

Je pensais que si le Français s'intéressait un peu moins aux élections de son conseiller d'arrondissement, peut-être aurait-il, comme tous les autres peuples coloniaux, la curiosité des choses de son empire, et qu'alors ses représentants par-delà l'équateur, se sentant sous le regard de leur pays, se réveilleraient, pour de bon, d'un sommeil aussi coupable.

Enfin, le dixième jour, je touchai le village de Brazzaville. Brazzaville n'est qu'un village. En face, de l'autre côté du Congo, il est une ville, une ville moderne vivante, une ville, quoi ! Elle s'appelle Kinshasa... mais elle est belge !

Une paix lourde enveloppait Brazzaville. Lentement, le Congo descendait, pour aller se briser sur ses chutes. Une statue géante dominait un plateau. C'était celle de l'évêque guerrier, Mgr Augouard, qui scrutait le pays. Je cherchai Brazza ; Brazza n'y était pas. La France l'a oubliée ! Deux cents Saras, dormant debout sur leur pelle, *travaillaient* à la future gare. Un « pousse » silencieux passa sur son unique roue. Je le pris et je dis : « Va ! » Les deux hommes chevaux me conduisirent vers le fleuve. Je vis que le port n'était qu'un sentier à pic tranché dans un remblai. Deux chalands à dos rond constituaient notre flotte. Le « pousse » repartit. Devant un bâtiment officiel, des femmes et des enfants nègres venant de quatre-vingts kilomètres déposaient des charges de manioc, enveloppées de feuilles de bananier : le ravitaillement pour la « machine ». Brazzaville était dispersée et morte.

Une légère côte se présenta, le « pousse » ralentit. Soudain, une automobile apparut. Dans ce silence c'était bien une apparition. Je la regardai comme un grand événement. Je me consolai de sa fuite en pensant qu'elle ne pouvait aller très loin puisqu'il n'y avait pas de route et que je la reverrais. Et j'arrivai face au palais proconsulaire. Je descendis de ma chaise roulante. La demeure du gouverneur général reposait sous le soleil. Aucun souffle n'animait le drapeau tricolore. M. Antonetti était là, pensant certainement au chemin de fer. Allais-je entrer ? À quoi bon ? Il me sembla entendre sa voix. Il appelait, il ordonnait, il parlait clair ; mais le désert l'entourait, personne ne lui répondait : l'Afrique-Équatoriale française dormait toujours.

ÉPILOGUE

QUELQUES RÉFLEXIONS APRÈS LE VOYAGE

Le voyage est achevé.

L'intérêt de la France était-il que l'on épaissît les voiles qui nous cachaient encore ce pays ? Nous ne l'avons pas pensé. Les portes de notre Empire noir devraient être grandement ouvertes à la curiosité de la métropole. On constate justement le contraire. On dirait que la vie coloniale a pour première nécessité celle de se dérouler en cachette en tout cas hors des regards du pays protecteur. Celui qui a l'audace de regarder par-dessus le paravent commet un abominable sacrilège aux dires des purs coloniaux. Les dirigeants de nos colonies veulent bien montrer « leur » pays à quelques citoyens, mais seulement à la lueur d'une lanterne sourde. Tout homme politique, tout voyageur de quelque importance sera précédé dans sa randonnée d'une dépêche circulaire où l'on ordonnera aux administrateurs de le bien faire manger et de ne rien lui dire.

Ce n'est pas en cachant ses plaies qu'on les guérit.

Cette conception de gouvernement appela une très curieuse méthode de propagande. Chaque fois que les « purs » parlaient de nos colonies, ils poussaient des cris de triomphe. Tout y allait bien. Le présent y était superbe, l'avenir sans nuages.

Là-dessus, un petit coup de fanfare. On remettait son chapeau et l'on rentrait le cœur léger au sein de sa famille.

Eh bien ! flatter son pays n'est pas le servir, et quand ce pays s'appelle la France, ce genre d'encens n'est pas un hommage, c'est une injure.

La France, grande personne, a droit à la vérité.

L'excuse des partisans de l'ombre est d'ailleurs sans force. L'étranger, disent-ils, ne doit pas être mis au courant de nos erreurs et de nos difficultés. Pour savoir ce qui se passe chez nous, l'étranger ne nous a pas attendus. La France n'a pas le monopole de l'imprimerie. Si vous voulez connaître nos histoires coloniales, ouvrez les journaux allemands, anglais et américains.

La question, pour un voyageur indépendant, ne se pose pas comme se l'imaginent beaucoup d'honorables spécialistes. Le principal, à notre avis, n'est point de regarder ce qui a été fait, mais ce qui aurait dû être fait. « Voyons ! s'écrient ces messieurs. Vous ne pouvez dire que la France n'ait pas travaillé en Afrique noire. Nous avons fait quelque chose, que diable ! » Il ne manquerait plus que nous n'eussions rien fait !

Mais nous n'avons pas dépassé le minimum.

Pour bien juger, il est bon de procéder par comparaison. Ici les comparaisons ne sont pas en notre faveur. La France a travaillé beaucoup mieux dans ses autres colonies. Nous avons été grands au Maroc et en Indochine. Sur la même terre, sous le même soleil, avec des indigènes qui n'étaient ni pires ni meilleurs que les nôtres, l'Angleterre et la Belgique ont fait œuvre importante. L'Afrique noire française est dans un état d'infériorité incontestable en face de l'Afrique noire anglaise et de l'Afrique noire des Belges. Infériorité au point de vue ports, navigation fluviale, chemin de fer, infériorité au point de vue du matériel, du confort et surtout des méthodes de travail. Aider à le cacher serait bercer de sa main un sommeil dangereux. Un coup de poing est par moments plus salutaire qu'une caresse.

Quel est le bilan de notre effort ?

Nous avons un port suffisamment outillé : Dakar. C'est le seul. Des colonies d'avenir comme la Côte d'Ivoire attendent encore le leur.

Nous avons cinq chemins de fer.

Au Sénégal : Dakar-Saint-Louis. Du Sénégal au Soudan : le Thiès-Niger. En Guinée : Conakry-Kankan. En Côte d'Ivoire : Abidjan-Ferkessédougou. Puis celui du Dahomey. En tout, deux mille huit cents kilomètres de voie ferrée. Mais commme toujours nous avons travaillé à l'économie, et la moitié de ce réseau, pour répondre aux nécessités du jour, doit être révisée.

Nous avons des routes : peu et mauvaises au Sénégal ; bonnes au Soudan ; magnifiques et nombreuses en Haute-Volta ; praticables en Côte d'Ivoire, au Dahomey. Aucune dans le Moyen-Congo. Mais nous n'avons fait ces routes qu'avec un seul instrument : le nègre ; nous les entretenons de la même manière, si bien qu'au lieu d'être une délivrance, elles deviennent une corvée perpétuelle.

Nous avons creusé au Soudan le canal de Sotuba (vingt-deux kilomètres) qui prolongera le cours utile du Niger, et facilitera l'irrigation des terres en vue d'une culture raisonnée du coton.

En effet, tout est encore à faire au sujet du coton. Dans le Soudan, il n'est qu'une seule plantation, celle de Diré, à dix heures de Tombouctou. Le reste du coton pousse où il peut, au petit bonheur, par ordre du commandant et sous les cris du tirailleur. Il faut dire qu'un homme extraordinaire, M. Bellime, a « son » idée. Peut-être un jour, grâce à lui, pourrons-nous appeler le Niger le Nil français.

Nous avons également depuis quatre ans, planté des cacaoyers en Côte d'Ivoire.

Quelques usines par-ci par-là.

Partout ailleurs, sur tant de richesses cachées : le silence !

L'Afrique noire française dort.

La métropole a sa part de responsabilité dans ce sommeil. Les colonies, chez nous, ne sont pas à l'honneur. Il faut avoir un parent dans la « partie » pour être sûr que la Côte d'Ivoire ne donne pas sur l'océan Indien ! L'ignorance serait pardonnable, l'indifférence ne l'est pas.

Alors, la colonie vit toute seule. Elle se traîne comme elle peut le long des marigots. La France n'est jamais derrière ses administrateurs pour les féliciter quand ils font bien ou pour les encourager quand ils cherchent le vent. Un administrateur colonial est un enfant perdu. On ne pensera à lui que s'il est l'objet d'un trop gros scandale. Un député pousse-t-il un cri à la tribune de la Chambre, aussitôt son portrait flamboie sur les gazettes. Des gouverneurs dirigent depuis dix ans nos colonies et des ministres ne savent même pas leur nom !

Il faut marier la France avec ses colonies.

Alors tout changera.

Le recrutement pour l'armée donne des résultats douteux ? On examinera de nouveau le problème.

L'exploitation des terres n'est pas organisée ? On l'organisera. Nos méthodes de travail sont mauvaises ? On les rectifiera.

Cela coûtera de l'argent ?

Beaucoup. Mais que diriez-vous d'un semeur qui, au lieu d'ouvrir sa main, la fermerait sur ses graines de peur d'en laisser tomber une ? Nous sommes ce semeur. Le sol colonial n'a pas encore gagné la confiance des capitalistes. Ils maintiennent leurs écus au-dessus des terres brûlantes. Peut-être craignent-ils qu'elles ne les leur fondent aussitôt.

Anglais et Belges n'en sont plus à ce stade. Leurs colonies prospèrent. Les nôtres... attendent.

Il faut aussi sauver le nègre.

Pour sauver le nègre, l'argent est nécessaire.

Le moteur à essence doit remplacer le moteur à bananes.

Le portage décime *l'Afrique.*

Au siècle de l'automobile, un continent se dépeuple parce qu'il en coûte moins cher de se servir d'hommes que de machines !

Ce n'est plus de l'économie, c'est de la stupidité.

Deux millions six cent mille Noirs de l'A.-O.F. ; plusieurs centaines de mille de l'A.-E.F. ont quitté le territoire français. Sans doute avaient-ils leurs raisons ? Ces raisons ne sont pas mystérieuses. Les Noirs ont fui nos méthodes de travail.

Il est urgent d'aviser.

Quant au drame du Congo-Océan... *Mais l'on sait déjà qu'il a déclenché une révolte dans l'Oubangui-Chari.*

Peut-on regretter après cela, d'avoir soulevé le rideau, parfois lourd à notre main, qui cachait au pays son Empire africain ?

TABLE DES MATIÈRES

Groupe Elidia

Éditions Motifs
28, rue Comte Félix Gastaldi
BP 521 - 980105 Monaco
www.editionsmotifs.fr

Dépôt légal : janvier 2007

Achevé d'imprimer en France en mars 2020
par Dupliprint à Domont (95)
N° d'impression : 2020031839 - N° d'édition : 2726143